少 女 玫 瑰

郁　秀◎著

海天出版社（中国·深圳）

图书在版编目（CIP）数据

少女玫瑰 / 郁秀著.—深圳:海天出版社,
2015.4
（花季雨季系列）
ISBN 978-7-5507-1301-7

Ⅰ．①少… Ⅱ．①郁… Ⅲ．①长篇小说－中国－当代
Ⅳ．①I247.5

中国版本图书馆CIP数据核字(2015)第035126号

少 女 玫 瑰

Shaonü Meigui

出 品 人：陈新亮
出版策划：于　辉
　　　　　赵同敏
责任编辑：谢　芳
　　　　　蒋鸿雁
责任技编：梁立新
责任校对：方　琅
装帧设计：李松璋

出版发行：海天出版社
地　　址：深圳市彩田南路海天综合大厦(518033)
网　　址：www.htph.com.cn
订购电话：0755-83460293(批发)　83460397(邮购)
排版制作：深圳市思成致远创意文化有限公司　0755-82537697
印　　刷：深圳市新联美术印刷有限公司
开　　本：787mm×1092mm　1/16
印　　张：14.5
字　　数：175千
版　　次：2015年04月第1版
印　　次：2015年04月第1次
定　　价：25.00元

目　录

序　幕

心理医生笔记

加州法庭心理医生：帕金。

患者：玫瑰，14岁，有癫痫病史。

背景情况（由加州洛杉矶警方提供）：

白玫瑰，14岁中国籍少女，3个月前从中国上海来到洛杉矶与父母团聚。父亲白少明，母亲洪妍，中国移民，拥有一家国际最大的玫瑰花圃公司，资产过亿。玫瑰目前没有上学，原因不详。玫瑰身上有多处瘀伤，说是被打的。玫瑰不愿多解释。癫痫病患者，不过没有在美国就医的资料。

一周前，她的母亲洪妍由于涉嫌杀死她父亲白少明的情人和他们未满月的男婴被捕。案发当晚，母亲洪妍宣称自己在家，与女儿在一起。因为玫瑰癫痫发作，洪妍在家照顾女儿。玫瑰是她不在场证人。而玫瑰当晚癫痫发作，无意识记忆，证言无可信度。

此事件对玫瑰打击很大，目睹母亲被警方带走，加上长期癫痫病病史，惊吓过度而住院，一直呼叫害怕。目前精神稳定已经出院，回到家中。

洛杉矶警方根据法官要求，将玫瑰带到我的诊所。因为玫瑰需要为母亲洪妍出庭作证，法庭需要证实她的精神状况是否能有此行为能力。

第一次精神状况评估

患者紧张焦虑，显然已发生的命案与家庭变故对她影响重大。手里一直带着部小收音机，精神状况基本正常。在彼此建立了基本信任之后，我们进行了对话，有现场翻译。记录如下。

"你手上拿着的是什么呀？收音机？"

玫瑰点点头："她……她是我的朋友。"

"你的朋友？"

"我……我爱听广播。"

"你来美国多久了？"

"3个月。"

"适应吗？"

玫瑰摇了摇头。

"你没有上学？"

"没……没有。"

"为什么？你这个年纪的孩子难道不应该在学校里吗？"

"他们笑……笑话我。因为我有病，同学们笑我。"

（患者在紧张情况下会出现口吃。）

"你说有病，你是指癫痫吗？"

玫瑰点了点头。

"到美国后，你父母带你去看过病吗？"

"没……没有。"

"没有？"

"还没有，他们太忙了。"

"治病应该是头等大事，积极接受治疗，病情会有好转的。"

"我并……并不希望好转。"

"为什么不希望好转？"

"这样我的爸爸妈妈就会陪我了。他们很忙很忙，他们会给我买很多很多东西，很多很多漂亮衣服，可是他们没有时间陪我。只有在我生病的时候，他们才会陪我。如果我不生病，我就见不到他们了。"

"能说说你的家庭吗？"

玫瑰低下头，不说话。

"能说说你和父母的关系吗？他们对你关心吗？"

"我希望他们能多些时间陪我。"

"你身上有好几处瘀青，是怎么回事？"

"摔的。"

"你对警察说是被打的，hit。"

"hit，是我hit到地上，而不是有人hit我。我不会英语，他们理解错了。"

"没有人打过你吗？"

"没……没有。"

"能说说你所知道的案发当晚的情况吗？我在警察报告上看

到你说案发当晚，你母亲和你在一起。你是她不在场的证人。"

"是的。"

"当晚你癫痫发作，你怎么知道你妈妈在家呢？"

玫瑰被问到，低下头想了想，说："要是那个晚上我不生病就好了，都是我的错。人不是她杀的。"

"你怎么确定？"

"妈妈不可能杀人。"

（患者开始激动，而且咳嗽。我给她倒了一杯水递给她。她看了一眼杯子，又看了一下我，摇了摇头。拒绝接过水。问我是否有瓶装水。我说没有。她抿了一下嘴坚决不喝。我指出这个细节，是说明她对食物不信任。）

"能说说那桩命案对你的影响吗？"

玫瑰很惊惧地看了我一眼，低头看地，不说话。

"你最近是否有自己不能解释的情绪呢？"

"有。"

"是什么？"

"害怕。非常害怕。"

"你害怕什么？"

玫瑰犹豫了一下回答："她／他。"

"你害怕她／他？"

（玫瑰说的"他"还是"她"？他是谁？她又是谁呢？汉语里这是一个发音，这就是汉语的敦厚与含糊。我问她，她不再回答我。）

"爸爸、妈妈和丽莎，还有新生的小婴儿影响到你的情绪了吗？"

"是的。"

"你是否失控于这些情绪？"

"有。"

"如何失控？"

玫瑰不回答。

（然后她拒绝再作任何回复。她的眼睛和嘴唇紧闭，身体颤抖。我知道这次见面已经到了她的极限，我结束了这次会面。并且约了下次的见面时间。）

医师总结

玫瑰有5年癫痫病史，情感脆弱，容易受环境影响，没有信任感，智力正常，有轻度的表达障碍。长期没有感受到父母的关爱，加上刚刚移民到一个全新的国家中，尚未适应，情绪无法自制，甚至失控。至于案发当晚的情况，她没有充分的认知，只是充满自责和内疚。所以结论是无为其母提供不在场证据的行为能力。

由于语言障碍，提议请会中文的社工进行跟踪辅导。

SHAONUMEIGUI

少 女 玫 瑰

第一章

少女玫瑰档案

我接到这个案子时，厚厚的档案里包括了心理医生评估，还有少女玫瑰的照片。她有一种非常不通俗的漂亮，写意，不写实，几乎像来自中国古典画中的女子的线条与轮廓。她的肤色是象牙白的那种，穿着一件白色丝绸连衣裙，裙带飘飘。散着头发，几缕蓬松的头发飘过来盖住她的面庞，只露半张脸，两只大眼睛无限深邃，简单之极，同时莫测之极，散着哀怨之美。这种神秘之感包围着我，从始至终。

　　我叫兰溪，加州大学社会心理学专业研究生最后一年，实习于这家少年福利机构，是一名社工。我在面试这份工作的时候，我的上司问我想成为什么样的社工。我说我想成为这样的社工——这些孩子成年后因为当年认识我而稍微有了积极的影响。上司后来告诉我，她听完这句话就决定雇用我了。帮助这些青少年的过程也是自我帮助的过程，其间我开始一点一点有能力回头照应那个小小的我走出成长的阴影。

　　那时刚刚开始工作，正体会和品味着美国社会呈现在我面前的千姿百态。根本没有想到这个案子是我见过的最不可思议的案件，而这个清纯的美丽少女也是我见过最神秘莫测的少女。

　　要从那桩双尸命案说起。

　　我和所有人一样是从电视新闻上得知这起命案的。新闻里出现一栋漂亮的小洋房被一条条黄色的警戒线层层围绕。场外是十来辆警车和救护车，还有多辆顶着高高天线的卫星转播电视车在做现场报道。楼里平稳地倒退出一副裹有白色被单的担架，接着又退出一副担架，那是更小的躯体，一个未满月的婴儿。媒体的焦点一下子对准了他们，闪光灯一片。尸体被法医搬进救护车的那一刻，周围几个年轻的女邻居都惊骇地躲进她们丈夫的怀里。

随后警局的新闻发言人向外界公布了这一则消息：

未满1个月的混血男婴和24岁的成年白人女性丽莎皆遭刀刺致命而死。根据命案现场的情况，这是一起非常残忍的谋杀，在门口即发现了血迹，一直滴到客厅沙发前。推断女子抱着孩子去开门，就遭到凶手突如其来的凶刀乱刺，一直被逼退到客厅的长沙发倒下，连一点还手反击的余地都没有。成年女子总共被刺了13刀，婴儿4刀。

报案的是一名叫白少明的华裔男子，自称是被害者丽莎的男朋友，孩子的父亲，也是过亿资产的上市公司的董事长，更是一个有妇之夫。事发当晚，白少明在和员工开会。到家时11点，发现丽莎与他们的儿子死于家中，立即报案。

此命案被定为"母子双尸命案"，我跟所有人一样对这桩命案满是好奇。种族、金钱、性、暴力，媒体追求的所有刺激全齐了。故事就这样被渲染了。所有人在看和听这则新闻时，都带着一丝猎奇——这其中一定有着不为外人所知的隐情、阴谋和欲望。拼命想从结局揣想它的开头及过程，就像一部惊险电影看了一个结尾，需要倒到前面看开头。

随后洛杉矶警局成立了专案小组。警方对现场采集到的指纹、血液和毛发进行了严密的勘查、验证，发现了报案人白少明的妻子洪妍的指纹和毛发。什么人会连未满月的婴儿也不放过？这个人不仅恨丽莎，还恨丽莎的儿子。这个人只有洪妍。

案件并不复杂，故事也很老套：丈夫辜负了妻子，妻子报复了丈夫。丈夫成了妻子手中的刀。洪妍成为嫌疑人被警方正式抓捕的消息一传出，人们打着哈欠道：早料到了。只有洪妍坚称"我是无辜的"。没有人把她的话当真。

现在我还看到了这起谋杀案的另一个受害者，也就是我的当事人——玫瑰。

玫瑰一双黑白过分分明的大眼睛恐惧地瞪着，一脸被吓到的表情，她就这样看着妈妈洪妍被牛高马大的美国警察抓走。

一个风和日丽的下午，天空纯正得一塌糊涂，前庭后院的玫瑰花开得缤纷华丽，喜气洋洋。这种安详平静往往意味着要出事，出大事。果然，门被敲开了，四五个硕大的警察堵在门口。

洪妍知道难逃此劫，无论她怎么辩解，嫌疑是上了身的。警长一边用手铐铐她，一边无动于衷地说："请你保持沉默。你所说的任何话都可能作为呈堂证供。"即便在这座宫殿般的豪宅里，即便他早已知道这家人有多富裕，他还得像老和尚念经一样，百般无味地说他该说的废话："如果你雇不起律师，法庭将委派一名律师给你。"

就在他们把她押往警车时，突然听到一声"妈妈——"，顺着这一声惨叫，所有警员都看见一个东方少女冲了出来，又被保姆刘妈拖住。全世界关于妈妈的发音大概都差不多。14岁，还是撒娇和淘气的年纪，如果不是一直为家庭战争而担惊受怕，如果不是过早地看到父母的厮杀，怎么可能把这一声妈妈叫得如此曲折，如此凄凉。我记得也是在我14岁那一年，广州派出所的两个警员突然到我学校通知我，我的父母出了车祸。我也是一声"妈妈爸爸"就昏了过去。

洪妍听到女儿的这一声呼唤，迟疑了片刻才回头。她需要调整一下情绪。洪妍实在不愿意玫瑰看到她被擒获的可怜样，她还想对女儿笑一下，安慰一下女儿，叫女儿不要为她担心，自己没事儿。可她没能做到，玫瑰看到的恰是妈妈冲天的委屈。原本交代过保姆刘妈，如果她被捕，就说她出差了。现在她和保姆对视了一眼：现在再也糊弄不过去了。女儿她知道了。她全看到了。她3个月前到美国与父母团聚，就已经胆战心惊地投入这一家三口的感情生活了。其实更早，也许从她懂事开始，在父母的厮杀中，她都是最心惊肉跳的那一个。

刘妈抱着玫瑰，叹了口气，她是在叹他们为什么要把日子过成这样，这么绝。她更是在叹玫瑰，这孩子是长不大的了。

洪妍只能是一副就义的壮烈，仰着下巴："他们抓错了人。妈妈很快就会回来的。"

"妈妈！"玫瑰又叫了一声，什么都没说，那一声，什么都有了。

洪妍被押上车后，一直回头望着女儿，就像母兽被擒前对犊子生死相许的回眸。警长什么没见过，早已经看透了人间百态，什么也别想瞒他。他知道那一眼是装不出来的。眼神绝对不是凶手的，而是一位母亲的。

玫瑰在囚车后面光着脚穷追不舍，直到奄奄一息，然后无奈就这么眼巴巴地看着自己的妈妈被人带走。她的身材比起美国同龄少女要显得娇小很多，像是还有一段漫长的青春期有待过渡。在明媚的阳光下，鲜艳的花丛中，少女没有血色的脸上的两道泪迹就像两道刀疤。那是与她年纪不相称的哀伤。女孩儿的世界就这样被改变了。所有人感觉这个孩子随时都会粉身碎骨，就像玫瑰花那般的脆弱与娇嫩。美丽的白衣少女渐渐地变成了一个白点，囚车在少女的视野中也变成了小甲虫。此刻连刀枪不入的警官也禁不住心酸地想：大人犯罪，孩子遭罪啊。

玫瑰由于目睹母亲被捕精神受了刺激当场昏倒，被送进了医院。于是才有了那份心理医生的报告,她才从被遗忘的角落走到了台前,她的档案才送到我们机构,她才走进我的生活。

作为社工,我以为我的工作就是帮助这个未成年人走出和度过这段人生低谷期,我万万没想到自己会如此近距离地接近这起谋杀案,而且被卷入其中,最终不能自拔。

打了几次电话给玫瑰的父亲白少明,不是占线,就是无人接听。我留了言,也不见白少明回电话。显然他已经被各路媒体和警方搞得不得安宁,吃不消了,他故意避开。我故意挑了个晚上十点直接打到白府,打电话的架势是:看你躲到哪里去。果然有人接电话,一个疲惫的男声"hello"了一声。

"我叫兰溪,是青少年福利机构的社工。请问是白先生吗?"

电话那头犹豫了一下,回答:"不是。"

"那么白先生在吗?"

"不在。"

"你是?"

"管家。"

我想了一下,假意问:"请问他什么时候回来?"

"不清楚。"

"那么我可以和你女儿通话吗?"

"我女儿已经睡了。"电话那端的那个"管家"身份一下子暴露了。

我立即带着揭露性的语气说:"白先生,我需要面见你和你的女儿,有一些情况我必须向你们了解。我希望你配合一下。"

"我也希望你配合一下。我的女友被害,我的儿子被害,妻子被捕,一个女儿有病需要照顾,公司一大堆事情要处理,我需要一点时间自己待着。这点要求不过分吧。你们这样还让不让人活了？”

“我明白，那我可以见见玫瑰吗？”

他淡淡地说了一句：“她很忙。”

“忙什么？”

“就是忙。”

“她14岁，连学校也不去。能忙到哪里去？”

“我说了她很忙。”

“白先生，我手里有警察的报告与心理医生的报告。两份报告都说明玫瑰身上有多处瘀青，不去学校，没有就医记录。”

“事情根本不是你们想象的那样。”

“所以你要让我看到事情的真相。不然看上去就是这样的。”

白少明的声音小了下去，仍然警惕性很高地问：“你到底想怎么样？”

“我需要见到玫瑰。”

白少明知道美国的法律，儿童和青少年福利机构的势力很大，有权把孩子带走。这对中国家庭来讲匪夷所思的同时，也具有威慑力。

“你们自便吧。”白少明对我的态度和对税务局、FBI这些机构的一样，就是：虽然你们很讨厌，但我拿你们没办法，只能配合。

白少明不愿意再与我多谈，他不说自己很忙，而是说：“社工小姐，我想你很忙，我就不耽误你的时间了。”然后挂了电话。

SHAONUMEIGUI

少 女 玫 瑰

第二章

玫瑰的秘密花园

很多年后我还能准确地想起第一次见到玫瑰的情景。

海边山峦间的房子栋栋漂亮，四周环境非常优雅，尤其这里的参天大树使房子有了几分神秘，即使艳阳天，也是凉风习习。我老远就一下子认出了白府，中国的园林特色一目了然。一路中国式的刁钻古怪的假山细致而繁琐，人工喷泉，小桥流水，两边的玫瑰花浓艳祥瑞。俨然一个小小的世外桃源，就像诗歌中常常描绘的美丽景致那样，令人心旷神怡。然而就是这种该上杂志封面的庭院建筑 —— 一对恩爱的夫妻搂着他们可爱的孩子外带一只哈巴狗的家庭，却发生了惊天的命案。显然这里发生的一切让人感觉到这只是一个漂亮的大房子，不是一个正常的家庭，不是那种母亲对女儿说"你别再臭美了"，不是妻子对丈夫撒娇"你已经很久没送我花了，是不是不再爱我了"的正常家庭。当然不正常，否则怎么会发生这种命案？

我轻轻叹了口气，然后摁了门铃。我的工作就是跟不正常的家庭打交道。

门开了，出来一个肥大的五六十岁的妇人挡在门口，一副厚道、能干、忠心的样子。她的高大肥胖是中国女人里少有的，大胸脯，小眼睛，她是白府的保姆刘妈。刘妈知道是社工家访，开门让我进来，告诉白先生出去了。我说我和他约好的。刘妈说："白先生临时有事出门了，你也知道这个家里发生的事情。你应该谅解。"刘妈的意思是这个家庭分分钟有比社工家访重要一百倍的事情。

我点头表示理解，要求见玫瑰。然后刘妈领着我到了后花园。

一进后花园，恍如进入仙境，美不胜收。缤纷华美的玫瑰花一簇接着一簇，一团连着一团，开出了流光溢彩的一片灿烂。刘妈介绍，这本是一个游泳池，因为玫瑰有羊角风，怕她失足掉进池中，玫瑰来美国前专门把游泳池填平了。别看玫瑰小小年纪，却是玫瑰花种植高手。她的手就像花仙子那样轻轻一撒播，千姿百态、鲜艳夺目的玫瑰就长出来了，这里就长成了一片耀眼缤纷的花的海洋。

我在一片玫瑰丛中快要迷失了，只见一个白裙东方少女坐在花丛中的一把竹椅上，她是万紫千红中的一点白。如同一处景，一幅画。我被她突如其来的秀逸、冷清惊呆。她没有常见的美国少女的过于阔绰的青春，更没有美国少女深知自己青春本钱的依势仗势。她身上的一点消极和彷徨，东方少女的那种，让她看上去非常与众不同。一片厚厚长长的刘海直垂眼帘，遮住了大半个眼睛，眼睛就此显得神秘莫测。少女单薄的身影不像真人，像是一个小绢人。这个少女之所以美丽，是因为她接近虚幻，不那么真实，带着漂洋过海的异国梦幻情调。这种梦幻不实之感一直缠绕着我，即便在后来我们很熟的时候，即便最后我否认了少女的一切的时候，就只剩下这不真实的感觉挥之不去。

我心痛地想：面对突如其来的一起命案，一夜间山崩地陷，她小小的心灵作何感想？我曾经也在14岁时遭受惨痛的家庭变故，我太理解那种天崩地裂的无助了。

再走近，看见女孩眼皮肿着，很哀怨，手上抱着一个巴掌大、旧款的黑色收音机，戴着耳机。她的心情一如脸上的神色，木讷而沉默地应付着眼前流逝的一分一秒。

我扭头看了一眼刘妈，表情是在问：她这是怎么了？

"她就这样，这个孩子内向、嘴讷，手脚又拙，不吵不闹。自从出了这事后她就总这么发呆，就知道抱着她的收音机。"

我那时并没有对这个不起眼的收音机太当回事。我记得我小时候也有一个洋娃娃，我每天得抱着它睡觉。后来洋娃娃被我玩秃了，父母也给我买了很多新的玩具，我却只对它一往情深。

刘妈又说："白太太被抓走后，为了照顾玫瑰，白先生就叫我住在他们家。有一次三更半夜我起来上厕所，竟发现她一个人静静地端坐在客厅，自己跟自己说话，可把我吓了一跳，问她干什么呢，她却什么也不说，漠然地站起来回自己的房间去。第二天我再问她，她却完全不记得了。我想这个孩子可别是给吓傻了。有时候她还会说些很莫名其妙的话，什么都是我不好，我如果不来美国就好了。"

我安慰刘妈："她是被吓着了，过些日子会好起来的。"

然后我叫了一声女孩儿的名字，玫瑰扭头看我，似乎从很深的心思中拔出来。

我用英语说："你好，我叫兰溪，是社工。你叫玫瑰吗？"

女孩看着我，像小鸟看人一样看着我。一双黑白过分分明的大眼睛的警觉和哀怨若隐若现，在梦与醒的边缘警觉地分辨着。女孩一直盯着我，果然是听不懂英语。

我又用中文重复了一遍。

女孩儿点了点头："我是……是玫瑰。"

"多好听的名字啊。"我弯下身子，爱抚地说，"玫瑰，你好吗？我能为你做什么？"

玫瑰两只脚微微往里歪，像是穿了一双太紧的鞋子。我从玫瑰的蹙目中隐约能感觉到她的不自在。

"有一个四分熟的牛排与一个六分熟的牛排在路上遇见了，它们没打招呼，请问这是为什么？"

玫瑰认真地想了一会，问："为……为什么？"

我笑："不熟呀。我们可以变熟的。"

玫瑰微微抿嘴一笑，纤细的兰花指捂住嘴。别说在美国了，即便在中国，我也不记得这个年头还有哪个孩子这样清雅地笑了。

取得孩子的信任感和好感是我们工作的前提。我们成年人对孩子总是那么几个动作：比如一个长辈似的疼爱的微笑，比如故意说些与孩子平起平坐的、装嫩耍酷的话语。作为社工的我更是避不开这些。同时大人也期待孩子对这些动作有所响应，比如顺势往大人怀里一扑，或者报以一个天真的笑脸。玫瑰狐疑地看着我，我有些受挫，但不放弃，另辟新径，知道玫瑰会种花，就从花下手。

"这些花都是你种的？"

女孩又点点头。

"你年纪小小的，已经是个种植玫瑰的高手了。"我带点讨好地奉承孩子，"你种的玫瑰太漂亮了。"

玫瑰又不置可否地"嗯"了一声。她认为自己的花卉品种是大师级的水平，这些外行的奉承无足轻重。她淡淡地纠正我的低级错误："那不……不全是玫……瑰，有些是月……月季。"

我注意到玫瑰的嗓音还带着变声期的尴尬，而且有轻微的口吃。

"看起来全一样啊，怎么区别？"

玫瑰觉得有必要给这个大人一些基本教育，便细声细语说道："是不太容易，它们都是蔷薇科蔷薇属植物，就是双胞胎一样很难区别开的。市场上卖的大部分都是月季，只有把月季当玫瑰来卖，才能卖个好价格。其实还是有区别的：月季叶少，3~5片，而玫瑰5~9片。月季刺少，玫瑰刺多。玫瑰的叶脉是下陷的，月季的则不是。玫瑰的刺很细很尖，月季的刺是扁的。玫瑰的刺是向下长的，而月季是朝上。月季叶泛亮光，玫瑰叶无亮光。玫瑰有香，月季无香。"

我想，花竟然能让这个孩子说这么多话，而且开始不结巴了。

"说得真好，"我接着没有分寸地去哄孩子，"你把花照顾得很好。"

"对待花，就得像对待人一样，你对它上心了，它也会对你好。花是有感情的。这朵叫小雨点儿，这朵叫花木兰，这朵叫阿拉姑娃。"玫瑰语言越来越顺利，而且富有感情。

"它们都有名字？"

"是呀，就像每个人都有名字一样。"玫瑰指着一枝花，"这枝玫瑰生病了。"

我笑了，笑她孩子气拟人化的比喻。

"她表面长得很好，也结了很多花蕾，这是一种花癌。本来没有发作，只是刚刚醒来不太适应环境才生病的。玫瑰一年有两个睡眠期。一个是6~7月，是夏眠，一个是11~12月，是冬眠。现在是8月，它刚刚睡醒，可是加州的8月太干了。玫瑰花期最忌热风和干旱。所以它就病了。"

我听得有点走神，这枝玫瑰花儿美丽绽放，却是一朵带病的玫瑰，听起来像是癌细胞发作了。看来，花得病跟人得病很相似。

"玫瑰，你来美国多久了？"

"3个月。"

"像你这个年纪的孩子应该上八年级，有没有想过重返校园？"

"我不喜欢学校。"

"谁喜欢？可是我们必须去。再说你不去上学，整天在家，家里人又全说中文，你永远不会说英语。"

"学校的孩子们笑我。"玫瑰有点忧伤地说。

我知道跟她的病有关，可是我们刚刚开始对话，不适合一下子进入太深的话题。我只是问：

"你每天在家里待着不闷吗？"

"我有朋友。"

"你有朋友？谁啊？"

"月季。"

"那是花儿，不是人。它又不会说话。"

"它会说话的。"

"对，对，对，"我拍哄道，"你是花仙子，你能跟月季对话。"

玫瑰看了我一眼，不说话。

"玫瑰，我相信已经很多人问过你了，可是我还是需要再问你一次。你身上的瘀青是怎么回事？"我说的时候眼睛盯着她身上一点一点开始淡却的瘀青。

"是……是我撞的，我不小心。"玫瑰答的时候两只手交叉去遮掩两只胳膊的瘀青，眼睛逃避着。

"不是人为的吗？"我追问。

玫瑰不看我，只是回答："不是。"

她眉宇间微弱的躲闪，已经出卖了她。

"你没有什么想告诉又不能告诉我的事情吗？"

玫瑰摇摇头。

这个摇头再次让我感觉事情没有这么简单,她在隐瞒什么。

"玫瑰,我想让你知道我可以帮你。"

玫瑰点点头,礼貌地说:"谢谢!"

这时,刘妈端了一杯水和几个药瓶走来。刘妈往手心上倒了几颗玫瑰天天吃的药,伸到玫瑰跟前。玫瑰吃药这件事在这个家是作为一项教条来执行。我一眼即可判断出那是控制癫痫的药。

这一眼却像是伤了玫瑰的自尊。也许她认为吃药不可以当着别人的面,尤其这种癫痫药。那是自己的隐私。可刘妈当着外人的面把药摆到她面前,要她当众服药,就像当众换衣服一样。玫瑰突然把身子一扭:"我、不、吃。"这个患有癫痫的女孩,这时候竟然有些霸道。

刘妈连忙向小主人讨好地笑笑,扭身又向我求助:"兰溪不是什么外人,她是社工,来帮助你的。"

我借刘妈送药的事就干脆挑开了说:"没事的,现在医学很发达,这个又不是什么绝症,更不是什么见不得人的事。你都会说花会生病,人自然也会生病。你的病会好的。"

玫瑰点点头。她什么都点头,但是你仍能从她的点头中得知她否认得多么彻底。

"这种病并不是那么可怕的,我是说……癫痫。"

"其实你可以说羊角风。"玫瑰的意思没必要那么小心翼翼,文雅的词语并不能将她的病情缓和下来。

"如果你不好好吃药,你妈妈在监狱里会担心的。"

"我妈妈为什么还不回来?她说她很快就会回来的。"

已经发生的血案足以让我意识到那是个隐痛,于是我小心避开。那个伤痛不像是玫瑰的,倒像是我的,要这样处处小心,时时注意。我小心翼翼地问:"玫瑰,你能告诉我那个晚上的情景吗?"

玫瑰的神情明显有躲闪，我怀疑她知道的远比她告诉警方的多。那么她又知道些什么呢？

"那个晚上你妈妈在不在家呢？"

"在家。"玫瑰斩钉截铁地回答。

这个决绝的回答与刚才躲闪的眼神形成鲜明的对比，我不得不追问："癫痫发作期间，你的意识还这么清醒？"

玫瑰看了我一眼，把眼睛收回，低下头，一会儿后说："我每次犯病妈妈都会守在我身边，所以我想那个晚上她应该在家。"

"那次发作是你来美国后第几次发作？"

"我也不知道。"

"哦，如果你不愿意，我们不说你的病。"

玫瑰看了我一眼，安慰我说："我知道你们都害怕在我面前谈论癫痫。其实我并不害怕。从小我就有这个病，也只有我生病的时候，爸爸妈妈才会放下工作，放下他们之间的争吵，陪在我的身边。我就是中心。有时候我是高兴我有这个病的，否则我见不到他们。可是那个晚上不同，醒来后我非常害怕，非常恐怖，感觉很危险，不知道怎么回事，就是感觉世界末日来了。"

"这种感觉以前有过吗？什么时候开始有的？"

"来了美国才有的，就是感觉很不安全。"

"为什么呢？"

"因为爸爸可能要离开我们了，为了丽莎。"

玫瑰开始说自己的故事，她像是个孤独坏了的孩子向我倾诉心里话。她的表达就像所有这个年纪的孩子，语言简单而直率，用词不精致，表达也稚拙。说得上句不接下句，词不达意，是孩子式的无辜和无助。我听出玫瑰结巴语言后面真实的画面，她来美国的这3个月大概就是这样度过的：

她来美国的第一天就看到父母和丽莎三人之间的搏杀。就在母亲回上海接她抵达美国的家的那一晚，那一瞬间，她看见父亲和另一个女人在这个她盼望了四年的新家里，就在父母的卧室大床上，她见到一个陌生的女人，她大腹便便，玫瑰知道她马上就要有一个小弟弟了。然后父亲、母亲和丽莎扭打成一片。她当时就傻了。这不是她期待的美国生活，更不是她渴望的家庭生活。然后她看见父亲如何忙碌于他的成功事业，及成功与金钱为一个男人带来的尊严和骄傲，其中一个表现是他日益明显地针对母亲与母亲家族的抗拒。母亲则忙着应对这种抗拒，以自己如石头一样无比顽固的坏脾气和越发空洞的家庭势力去与父亲较量，结果是搬石头砸自己的脚。母亲虽然跛脚，但仍然是个平淡单调无味的女人，真遇到离婚也只会一哭二闹三上吊，越发的像个深宫怨妇。只会一遍遍地对父亲说，“白少明，别忘了你是怎么发家的”。这曾经是母亲对父亲最灵验的一句话，总能成功地提醒他的良知。他常常最后会因为这句话而气短、收敛，但它在美国再也不起作用了。听着父母无休止的争吵，别人家是孩子吵个没完，而他们家是一个安静的孩子和一对吵闹的父母。两个人都沉溺于互相搏杀中，这已经成为他们正常的交流方式。玫瑰每每这时就在门外拍着门劝架，生怕父母瞒着她在屋里相互残害对方。母亲会拉着她哭，男人有钱就变坏，女人变坏就有钱。这话不对，坏是男人的本性。男人不花，只有一种情况，那就是他没有花心的可能与资本。她仍然记得母亲的那番谈话，母亲大彻大悟的凝重和悲愤，这是她接受的第一次关于男女情感的启蒙教育。

　　而她越发地被忽略，父母买了一屋子的玩具和新衣服陪她，以此打发她的纠缠。只有生病的时候，才能一睁眼就看见爸爸妈妈都在，那时她觉得自己幸福极了。她拒绝治疗，害怕病好了，这种幸福离她而去。她希望自己就这样病下去……

我感慨：那3个月在父母的搏杀中她是如何生存的？父亲扬长而去，母亲气急败坏，她的内心如何防御？而生病是她唯一维持家庭团圆的方法，后来成了手段，甚至是伎俩。

SHAONÜMEIGUI

少　女　玫　瑰

第三章

我妈妈没有杀人

我把玫瑰留在后花园，进了客厅找刘妈了解情况。她的心宽体胖，快人快语，洪亮的声音就意味着她扮演这样的角色。

客厅的电视正在播放她家的消息。他们家的新闻几乎是以滚动方式播出。这些消息重复又重复，刘妈和我只是把它当作背景来对待。

我问刘妈在她家工作多长时间了。她说之前是短工，一个星期来三次，打扫打扫屋子，偶尔再做几餐晚饭。自从玫瑰来了之后，她就成长工了。

我问玫瑰身上有多处瘀青是怎么回事。刘妈立刻听出我的质问，连忙说："他们家的事情虽然很复杂，我说不清楚，可有一点我是清楚的，那就是他们对女儿是没说的。我甚至没有听过他们对孩子大声说过话。他们总是细声细语，像是怕吓着女儿似的。白太太和白先生都多次跟我说对女儿很内疚，叫我尽心地照顾她。为了让我安心在这做，他们把我的工钱涨了一倍。她身上的瘀青可能是自己绊的，她癫痫发作的时候跌的、撞的吧，反正不可能是她父母造成的。"

"她没有上学？"

"刚到美国的时候去过两个星期。玫瑰在这人生地不熟的学校本来就陌生，第一个星期在学校突然癫痫发作，小孩子嘛，你知道有时候口无遮拦就取笑她。她就变得很自卑，每天就坐在课堂上，不说话。有一天学校里几个最受欢迎的孩子突然来找她玩，说要和她交朋友。她非常高兴，后来知道是父母花钱请这几个小朋友这么做的。玫瑰从此拒绝去学校。父母拿她没有办法，于是就让她在家里待着。这一待就再也没回学校了。本来说要给她转个学校，现在出了这事，恐怕一时也没工夫管她上学的事了。"

"玫瑰的病发作过几次？"

"好几次了。"

"为什么没有就医记录？"

"他们接玫瑰来美国最重要的一点就是看病。可是一来就发生了很多事情，先是白太太捉奸白先生和那个丽莎，然后丽莎生孩子，再然后就是命案。看病的事情就一拖再拖了。"

"案发当晚，玫瑰的病又发作了？"

"那天晚上吃完晚饭，玫瑰就上楼洗澡，换上睡衣，下来客厅和她妈妈说话。没一会儿就说感觉肚子不舒服，还闻到一种怪味道，眼前的东西都变形了，然后她就突然从椅子上倒了下来，开始抽搐。白太太显然很有经验，她将玫瑰放在安全处，解开她的衣扣，白太太一边做一边向我解释，这样保持呼吸道的通畅。她还说若这个时候玫瑰是张口的状态，就需要往她嘴里垫个软物，预防玫瑰自己把舌头给咬下去。我仔细学着，因为我来这个家做保姆主要任务就是照顾这个孩子。我当时还问要不要送医院。白太太说玫瑰现在需要她爸爸在身边，而不是医生。玫瑰大概抽搐了五六分钟，然后白太太把她背回房间，让她休息。白太太给白先生打电话要他赶快回来。他们具体说了什么我也不知道，只知道挂了电话后白太太就倒在沙发上号啕大哭，对我说白先生不是人，是混蛋。女儿生病了还不回家，还想着去那个小贱人家。8点钟，我下班的时间到了，我还专门问了一句，如果需要我可以加班。她说谢谢，玫瑰已经不发作了，她一个人可以。我就回家了。第二天再来上班时，就已经发生了那件事情。唉，真是作孽啊。"

"玫瑰发病的时候，白先生不在家？"

"不在，所以白太太很生气。警察说她是激情杀人。只是觉得可怜了这个孩子。白太太被抓了以后，白先生成天不在家，偶尔回来也是阴着个脸。本来这是人家的家务事，我一个保姆不该多说什么，可我经常看见孩子被吓得躲在被子里哭。我知道他们很爱这个孩子，把女儿接来就是为了给她治病，没想到就发生了这样的事，现在也没人会去关心她的病了。你说她小小年纪的就经历了这么多，羊角风，12岁那年还被绑架过一次，现在妈妈又被捕了。"刘妈真心地同情起这一家人。他们活得这么累，这么苦，不明白怎么会这样。

"她还被绑架过一次？"

"对，那时我已经在他们家工作了，一天他们接到上海的电话说玫瑰被绑架了，他们一放下电话就飞到上海。后来听说绑匪拿了钱就把玫瑰给放了。"

"玫瑰成功脱险了？"

"是的，算她幸运。有钱人有有钱人的问题。你说像我们这样的家庭谁会绑架我们的小孩？这种家庭也就是外人看着光鲜亮丽，里面是一堆的问题啊。"刘妈摇了摇头，都不好意思多谈，"像普通的人家一家人过得平平静静，和和美美。没有钱也就没有什么可吵的，生活也少了很多麻烦。钱是福也是祸。"

"刘妈，你讲得对。"我说。我的生活就是因为横空飞来了500万打破了原本的平静，一堆的烦恼和疑问随影同行。

我们两个"无产阶级"替这家有钱人发愁，正说着，突然都闭嘴了。因为一条直播新闻突然插入：洪妍的律师比尔提出保释，洪妍并不是一个对社会安全造成威胁的人，应该考虑交保回家，等待审理。检察官艾澜反驳：这是一起双尸命案，洪妍可能逃回中国去，要求法官不得同意保释。此时的画面是洪妍戴着手铐被押进法院，明显不愿意曝光，一直低着头垂着长长的头发露出小半块脸。法官同意检察官的要求，宣布：案情重大，不得保释。

"不得交保？"我说，"她还有一个14岁的孩子在家。那就意味着玫瑰很长时间内见不到妈妈了。"

"可不是嘛！大人的错孩子跟着受惩罚。我也挺可怜白太太的，她平时对我们都不错，没有太多阔太太的架子。怎么也没想到她会干这种事情！？"刘妈想想又说，"不过，最糟的也不会是死刑。被害与被告之间的恩怨情仇恐怕连当事人自己也说不清楚，陪审团对待这一类家庭命案时会很情绪化。如果检方以死刑起诉，陪审团不一定会接受，只要12个人的陪审团中有一人不接受，对整个案子都是障碍，甚至可能使整个案子流产。所以我觉得检方不会以死刑起诉。再说，洪妍并没有任何犯罪记录。一个这么成功的女企业家，一个14岁女孩的母亲，判她无期徒刑已经是一辈子的惩罚了。以前就有这样的案件，一个韩裔妻子发现自己的丈夫有了外遇，一气之下带着两个孩子在家里打开煤气自杀。后来孩子死了，她被救了回来。韩裔社区还为此发起了写请命信的签名活动，最后这个女人被从轻发落，只判了8年。"

我说刘妈都已经成为半个法律专家了。刘妈笑说久病成医，每天看新闻，听各种分析，就成了半个法律专家了。突然一个声音在我们后面申明："我妈妈没有杀人！"

玫瑰站在后院的入口。门外光亮，门内阴暗，加上少女的白连衣裙也在光亮之下成了白底，少女的身影成了个黑色剪影，没有表情，没有形象，就剩下那句掷地有声的申明"我妈妈没有杀人"，成了一个很响亮的音符，在那个仲夏暮日，那个典型的加州的干度和热度的时分。

我们观看着这个黑色剪影一点一点走近，落地无声，渐渐从黑白两色中走出来，形象愈来愈分明，轮廓愈来愈清晰。少女站在了我的对面。刘妈立刻把电视关上。

"兰姐姐，你能带我去看我妈妈吗？我很想见她一面。"

现在我看见少女的脸庞了，她楚楚可怜的好像随时要哭，五官和表情都准备着。我递了张纸巾给她，也是先准备着。我说："你问过你爸爸吗？"

"他不肯。"

我看了一眼刘妈，刘妈点点头，意思是玫瑰说的是实情。刘妈说："不能跟白先生说这事，一说他就来气。所以这个孩子一见人就问有谁可以带她去见她妈妈。"

"我希望自己可以有办法。"我说这话既是为了应付场面人情，也是让她知道我竭尽全力的有限。

"谢谢兰姐姐。"少女哭的表情和准备动作立刻没有了，云开雾散。

她这事先的感谢让我有了压力，一下子有了承诺的分量。

告别玫瑰后，刘妈把我送出了门，说了几句客套话，像谢谢、不用谢、打扰了、没有关系什么的，刘妈突然说："我们家小姑娘喜欢你。"

"是吗？"我笑。成年人都愿意被孩子喜欢，因为成年人认为孩子具有某种最原始公平的裁判权力。

"可不是嘛，玫瑰平时跟陌生人讲话都有点口吃，她只有对熟悉的人不口吃。"

"这样的？！玫瑰看上去是个很乖很有礼貌的孩子。"

"特别礼貌，总说谢谢。我记得有一次在她家工作晚了，她说：刘妈，你辛苦了，你坐下休息一会儿吧。我做过那么多家，从来没有一个孩子跟我说辛苦，那句话暖得我呀比给我涨工资还开心。"

我们正说着，女孩又跑了出来，手中多了一枝玫瑰花。

"送给你的。"她羞涩地说道，然后张开双臂抱了我一下。

我心里猛地一热，玫瑰此刻突然往我怀里一扑，这意味着我赢得了孩子的选拔，通过了某种无法揣测又意味深远的选拔。

"谢谢。"我接过这枝鲜艳无比的玫瑰花时被刺了一下，手指出了一点血，这丝毫不影响我的心情。

而这滴血就像一个记号、一个暗号存留在我的心里，当然那是很多日子以后我才突然想到的：玫瑰是会刺人的。从此这个叫玫瑰的少女就成了我的伤痛，永远的痛。

我打开钱包，掏出自己的名片，"如果你有麻烦，打电话给我。我会帮你。"

"谢谢。"玫瑰说的时候看到我钱包里的一张我14岁的全家福照片，问，"你和你的爸爸妈妈吗？"

"是的，是我和我的父母。"

"他们在哪里啊？"

"他们在，在很远很远的地方。"

"在中国吗？"

"在比中国还远的地方。"

"那是哪里？"

他们在天堂，我心里说。我怎么能跟一个14岁的孩子讲我父母意外死亡的事呢？

"你想他们吗？"

"是的，我非常想他们。"

"我也非常想我的妈妈。我妈妈什么时候能回来啊？"玫瑰几乎是在央求我，"请你把我妈妈带回来。她不是凶手。"

"可惜我不是警察。他们认为你妈妈可能是凶手。当天晚上你癫痫发作，意识不清，所以不能证明你妈妈在家。他们认为你妈妈有可能在你犯病期间出去了一趟。"我说"出去了一趟"，就像是出去买菜一样淡淡带过。

"兰姐姐，那我可以对法官说我有意识吗？说妈妈那个晚上一直在我身边。"玫瑰说这话时，眼睛那么专注地看着我。那原本黑白分明、清晰透彻的眼睛透出白痴的那种天真。

我见过许多孩子撒谎，也有撒得浑然天成、天衣无缝的，可是没有一个撒得如此天真无邪，而且是用商量的口气来说谎。玫瑰看起来不是太机智，不过这倒叫我略略放心，她那种家庭，那种遭遇，精明只会带来更多的痛苦，聪明只能是一种负担，我宁愿玫瑰愚钝一点好。

"那叫做伪证，是很大的错误，绝对不行。你不但救不了你妈妈，而且会触犯法律。这种念头有都不应该有。"我开始怀疑她的是非观念是否达到同龄孩子的水平，我又说，"而且即便你说你妈妈和你在一起，法庭也不会采信你的证词，因为当晚你病情发作，意识不清，无作为证人的行为能力。"

玫瑰丧气地低下头，然后说："我害怕失去妈妈。你能理解吗？"

我点点头。失去父母的我，当然明白。

"那个晚上我要是不生病就好了。都是我不好，都是我的错。"玫瑰埋怨自己，垂下长长的眼睫毛。

"这怎么是你的错呢？"

这时微微有风穿过，玫瑰花儿一下子生动了起来，微微摇摆。刹那间的花团锦簇让人很容易产生一种错觉：一切都可以重来。在这一切都一去不返的那天，所有人想起少女的悲伤，才明白此刻这个美艳的玫瑰园已经是这个少女最后的时光和避风港。

从此这个故事就这样构出了所有听故事的人的想象。

SHAONUMEIGUI

少 女 玫 瑰

第四章

500 万的传说

我没有想过玫瑰会给我打电话，更没有想到自己真会带着她去看守所见她妈妈。

　　通过那一天家访，我感觉玫瑰的情况没有想象的差，虽然她忧郁内向，甚至有些神秘，没有上学，没有就医，可既无受暴力迹象，也无暴力倾向，家庭言论环境也算自由，案件算不上严重恶劣。加上手头上有几个更棘手的青少年案件，其中一个是中国16岁小留学生自杀的案件，她的父母把她送到美国上高中却没有想到她命丧他国。由于眼下中国的小留学生出国潮，这个自杀事件一下子被推到了风口浪尖。我的大部分精力都花在那个案子上。玫瑰的案件我先放在了一边。玫瑰案件的严重性，我是很晚才意识到的。

　　那天上午我工作家访后回公寓，就收到一个电话留言，低沉的男声非常重感情地说："小溪啊，又是这个日子了！我想你父母啊！"

　　这一天是我父母10周年忌日。那一年我14岁，就像玫瑰这么大，那天我们学校汇演，我强烈要求父母来学校看我演出，不料他们途中出车祸双双丧生。很长时间内我陷于深深的自责，无法自拔。

　　金叔叔是父亲生前最好的朋友，我清楚地记得他在我父亲的追悼会上的致词："我看到我这位兄弟结婚生子，成家立业。现在我要让他在天上看着我如何把他唯一的骨肉抚养成人，成才！收养兰溪，这是对我这位兄弟最后的承诺，也是对我自己这个小家庭最大的祝福！"他声泪俱下，重情重义。所有人为之动容，当然包括我。父亲有这样一个朋友是他的幸运，我有这样一个叔叔是我的幸运。追悼会后，我抱了很多长辈，更多的时候被他们抱。这时一个男人出现在我面前，他给我一张名片，说是保险公司的……他的话还没有说完，金叔叔看到陌生人和我说话，赶过来怒气冲天地对他说："你们保险公司的人就是这么讨厌。这是什么场合，你们还不让人安静会儿。""兰溪别怕，无论发生什么，有金叔叔为你做主。"我往金叔叔怀里一扑，就像玫瑰往我怀里一扑那样。金叔叔第二天就带我去了派出所过了户改了姓，金叔叔和张阿姨成了我法定监护人，让我重新有了一个家。

我回了个国际电话给金叔叔，是他的前妻张阿姨接的。他们几年前离了婚，可有几次我打电话到金叔叔家，都是张阿姨接的。每次她一接我电话总是很害羞地抱歉，说自己只是路过跟金叔叔谈些公事，马上就走。她的抱歉很奇怪，她在不在金叔叔家，她和金叔叔是不是离婚，是不是再婚，是不是同居，跟我有半毛钱关系？

这次照旧她又跟我抱歉，然后把电话递给金叔叔。我能听到金叔叔低声呵斥她："今天什么日子还敢接电话。"然后和颜悦色地对我说："收到我的留言了吗？"

"收到了，你有心了。每年这个日子您都记得。"

"当然。你父亲是我最好的朋友。他们走得冤啊。"

金叔叔不经意的一句话，让我这些年好不容易摆脱的自责与内疚又泛滥了。

"我对不起我父母啊。"

"我也对不起他们啊！"

他知道我说的对不起是什么意思，我也知道他的对不起指的是什么。

寄人篱下的我担心自己是这个原来就不富裕的家庭不得不背负的一个额外的沉重负担。不幸的是我的疑惑在我偶然听到的金叔叔和张阿姨的争吵中再次得到证实。张阿姨说："钱呢？钱呢？"金叔叔说："会有的。会有的。"不过很快金叔叔的生意做起来了，家里的生活也越来越好。我们搬了新房，换了新车。一次家宴上金叔叔酒后对朋友说："我有两个女儿。一个是招商银行，一个是投资银行。"我不明白什么意思，问谁是招商银行，谁是投资银行？金叔叔的亲生女儿金敏说："当然你是招商银行啊！你是摇钱树啊。"金叔叔斥责她的同时也对我解释："小溪，记得吗？我说过你是对我们这个家最大的祝福。自从你来了这个家后，你金叔叔的生意就算做起来了。你是我的好运！"

原本我可以在这种感恩戴德的情绪中生活下去。直到18岁高中毕业那一年，班主任老师跟每个学生谈高考志愿，老师问："金溪，你的英语这么好，有没有想过到国外读大学啊？"我说："想，可我的情况跟别的同学不一样。我怎么可能让养父母一家送我出国读书呢？"班主任说："你父母的意外保金500万应该足够让你接受最好的教育。"当时我就昏了，一下子就被天上掉下个500万砸昏了。

这时我才想起4年前父母追悼会上见到的保险公司的代表，我找出他的名片，给他打电话，他证实我父母生前投了500万的意外险。我是唯一收益人。我说："现在我想出国留学，我能取这笔钱吗？"他呆了一下，说："你不知道吗？你的法定监护人每年以125万的抚养费在4年中全部取完了！"

我又昏了。难道我就是现代版的赵氏孤儿吗？难道这是金叔叔一家收养我的真正原因吗？这就是为什么他说我是招商银行，为什么金敏说我是摇钱树？那时我已经18岁了，我悄悄地跑到派出所把我的姓又改了回去。

金叔叔很快发现了，问我为什么。我淡淡地说："我没有得到我父亲的500万，总得得到他的姓吧。"金叔叔缓缓地点点头，用非常伤心的眼神看着我，问："这就是为什么你一声不吭地去改姓，你就是这样看待金叔叔一家的吗？这就是我们好心的回报吗？"

然后他缓缓地站起来，缓缓地走到保险柜，缓缓地打开，缓缓地取出一个丝绒盒子。他一切的动作都是缓慢地进行，像是为了表示慎重，也像是在这场巨大的背信弃义的战斗中心力交瘁到了不行。这场叛变让金叔叔的神态举止一下子有一种惨老。然后他打开一份文件，他指给我看我名下的一个比500万更大的数目。

金叔叔看着我，他眼里有泪，肚里更有话要倾诉："我把它投资到我的公司了。也就是说金叔叔的公司将来其实是你金溪的，不是金敏的。你才是这家公司真正的主人。金叔叔之所以没有告诉你，是因为想在你成年之后给你一个惊喜，给你父母一个交待。可是你竟然相信外人的挑唆，把你金叔叔当成什么人了？！"他的声音憔悴而受创，令人不忍。

我失语了。我不知道他的胸襟原本就如此宽广，还是他表演得逼真而已。我只知道当时我在他的宽广之下显得很小，很小。

"送你出国读书是我们对你的人生规划的一步。看看，你的出国担保书我们早已经做好了。"金叔叔说的同时，又拿出第二份文件。

我由衷地低下头，把拳头咬在嘴唇上，惊讶和自责都咬住。我的疑问不仅完好地得以解答，而且比我想要的更多。羞愧难当。我怎么让金叔叔一家承受这种形式的恩将仇报？

金叔叔又说："现在我就是想问问你的意见 —— 想把这钱取走呢，还是留着公司生仔？"

我立刻听见自己说："留在公司。"在这话脱口而出时，我浑身发燥，面红耳赤，既怕自己羞窘的认错之心、报恩之情让金叔叔看到，更怕金叔叔没有看到。

"小溪啊，无论你是叫金溪还是改回叫兰溪，你都是我们的女儿！"他沉重而悲壮地说。大概这种宽大慈悲为怀已经溶入他的血液。

后来我到美国读书，金叔叔付了第一个学期的学费，第二个学期学校没有收到学费。我打电话回家没人接，打电话到公司也没人接，几天后才找到他。得到的消息竟然是公司破产，张阿姨也带着金敏走了。

现在金叔叔说的对不起指的就是那500万。

电话那头金叔叔又接着说："孩子啊，不过你放心。我一定会东山再起的，你的钱你金叔叔一定会还你的。"

"金叔叔，今天是我父母的祭日，今天我们不说钱。"

"你这个孩子就是厚道，跟你爸爸一样！可你越是这样我心里越不好受。我心理负担重啊！"

已经好几年过去了，我对事情的真相仍然毫无把握。我禁止自己想下去，心底隐约有怀疑。那次叛变之后，我不允许自己再怀疑金叔叔。金叔叔家破人亡，我只想着自己的500万就显得自私。就当那500万只是个传说。

这时电话铃再次响了。我以为又是金叔叔，一接电话，我就说："金叔叔，我们不要再谈500万的事了。"

电话那头被我没头没脑的中文吓退了一下，一会儿才平静地说："兰小姐，这里是比尔·哈里森律师事务所。"

洪妍的律师比尔说想跟我见一面。由于涉及洪妍的案子，不能在公众场合交谈，麻烦我去他们事务所一趟。

我按着地址找到了。我之前就听说过比尔·哈里森是加州最具盛誉的刑事律师，他的事务所果然是一座富丽堂皇的写字楼。每一块地板都透着富有，每一盏灯都照着美金。我想这种财富光靠给无罪的人辩护是赚不出来的，还得为有罪的人辩护。我没进办公室之前就有这种先入为主的想法，等进去了，我的想法更确定了。

律师们都在谈论接到洪妍的案子的兴奋，掩不住的兴奋。被告越罪恶，他们拯救的难度越大，他们也就越兴奋。

"真的是洪妍杀的人？"有人问。

"她说她没有。"

"那还犹豫什么，我们不能让无辜的人进监狱。"一个律师说。

"我们连有罪的人都不让他去那里。"另一个律师说，然后也觉得这个玩笑开得不合时宜，既然说了，也只能装得二百五那样挤挤眉头、弄弄眼什么的。

这时律师们都停止了闲聊，我随着他们的目光望去，看见一个大腹便便的男人出现在大家面前。不用介绍，我知道他就是比尔。

我定睛打量了眼前这位德裔律师，50岁上下，大腹便便是由于律师过高的收入浑身长起美国式的膘。他表情严肃，声音冷峻，目光尖锐，永远一副不吃惊的表情。他已经跟各路罪犯打了二三十年的交道，人世间已经没有能叫他吃惊的人与事了。听说即便当他妻子因为受不了他这个没有真性情的工作狂而要离婚时，比尔的这副表情也没有改变。比尔仍然可以用平静的声音对他的妻子说：离吧。烦恼仅在他的眉间停留了3分钟后又严肃如常了。想来也是，成天跟罪犯打交道，早已经没有什么真性情了。

比尔冷漠地和我握了握手，对我机械地笑了一下，不与我多半句废话、寒暄，开门见山："我们需要你的帮助。"他的声音严肃而冷峻，表情是他不喜欢任何人，也不需要任何人喜欢他。

他说检方开出一个认罪10年的条件，可是洪妍拒绝了，坚持要以无罪起诉。

"太冒险了。"我虽然不太懂法律，可也知道这是一个公平的条件。他们如果败诉，她可能面临终身监禁。何况美国监狱人满为患，说是判10年，只要在狱中服刑一半刑期，另外5年有可能用钱去保释，在狱外服刑。

比尔点点头，表示同意我的观点，又接着说："我们劝过她，洪妍拒绝了。我们也没有办法。她认为自己是无辜的，所以她拒绝认罪。现在已经到了挑选陪审员的程序。"

我忍不住问比尔："洪妍认为自己是无辜的，你呢？你作为她的辩护律师是怎么认为的？"

比尔看了我一眼，对我如此幼稚的问题宽容地笑笑，其实就是嘴巴往两边撇了一下，然后问我："你多大了？"

"24岁。怎么了？"

"难怪！"

"难怪什么？"

"难怪你会问这么幼稚的问题。小姑娘，我在这行的时间比你的年纪都长，已经学会将自己的个人观点远离案件。我怎么认为并不重要，重要的是我会让法庭认为我的当事人是无辜的。"

我张着个口看着他的脸，那张脸上职业性的冷静已经到了没有任何个人情绪的地步。随时准备为魔鬼唱颂歌，也时刻准备咒骂母亲，这就是他作为律师百战百胜的法宝。

他看到我的样子，又接着说："她是不是无辜，这个跟我没有关系，跟我如何辩护更没有关系。我只能说从证据上看，辩护她无罪有难度。"

"所以你认为她……"

"所以我需要你的帮助。"比尔打断我。

"我？我能帮什么？"

"现在她的外界形象是冷血杀手，连一个婴儿也下得了手。我们需要让法庭看到她还是一个母亲，一个好母亲！玫瑰因为当晚癫痫发作无证人证词行为能力，可是我们需要这个孩子在场，让法庭看见她们母女情深。女儿犯病，母亲不可能出门，她一个晚上都与她的孩子在一起。这样一个爱孩子的母亲不可能杀人，更不可能杀婴儿。我们找你来就是希望在开庭的那天，你能带玫瑰来，坐在旁听席上。"

他跟我说这么多，就是为了说这个。我说："这个要根据孩子自己和她父亲的意见。"

比尔看了我一眼，说："这就是为什么我们找你的原因。孩子没有意见，而孩子父亲反对。我们希望你去跟孩子父亲沟通。因为白少明根本不接我们的电话。"

我说："我至今也没有见过白少明。他也躲着我。"

他说："拜托了。玫瑰出庭非常重要。我们更希望白少明出现在旁听席上，我们现在的主要工作就是拉拢白先生。他的缺席就等于传递给陪审一个信息：他也相信自己的太太是凶手。他的出现比我们的一百句话都管用。他既是被告人家属，也是被害人家属。所以他一言九鼎。"

刚出律师楼就接到玫瑰的电话。我立刻问："出了什么事情吗？"

"兰姐姐，你能带我去看我妈妈吗？"

我不知道自己是否有立场带一个孩子去看守所看一个犯罪嫌疑人，这应该由一个父亲决定，而不是一个社工。

　　"你问过你爸爸吗？"

　　"问了，他不答应。"

　　我也能理解白先生的立场。

　　"这样吧，让我跟你爸爸沟通一下吧。"

　　"他不会同意的。我已经求过他很多次了。"

　　"如果他不同意，我也不可以带你去看你妈妈。"

　　"可以的。今天正好他不在家。"

　　"他去哪儿了呢？"

　　"丽莎的葬礼。爸爸去参加葬礼了。"

　　"哦，这样呀。"

　　"我真的很想妈妈。请带我去吧。"

　　我对玫瑰说："在我后悔这个决定之前，你最好准备好。"

　　"我现在就到门口等你。"她挂了电话，像是害怕说多我会改变主意。

SHAONÜMEIGUI

少 女 玫 瑰

第五章

监狱的玫瑰花语

我刚把车驶入玫瑰家的小路，就看见玫瑰在门口翘首盼望。玫瑰像是真的害怕我会改变主意，早早地在门口等我，我的车子还没有停稳，她已经跳上车了，像我要带她去逃命一样。

车子开动后，她才放心下来。嗅了嗅车子年代久远留下的各种味道，前后左右、四面八方地观察，眼睛用力盯着车子的每个部位，多视角、全方位地扫描一遍车子。她看每一样物品的眼神都很专注，就连看安全带的时候，也赋予很高的专注。玫瑰如果没有这么专注的眼神或者也只是普通的14岁少女。这种车子对锦衣玉食的她是新鲜的，猎奇的。这让她的这次逃命之旅更添些险情。

我告诉她我刚刚去了律师行与她妈妈的律师见面了。她立刻问我怎么样了。

我说现在检辩双方都聘请了选择陪审员的顾问，他们都是心理学家和行为学家，能从候选人的长达75页的问卷中猜测出他们对案件的态度。一般来说，检方挑的陪审团会是白领阶层、中上收入的人群或共和党人，因为他们往往同情被害者家属。辩方喜欢选择平民、中低收入阶层、民主党人士做他们的陪审员，这些人比较容易站在被告这一边。我告诉玫瑰下一步就是由陪审团决定了。

"陪什么团？"玫瑰懵懂地问我。玫瑰的脸上是对美国司法体制巨大的陌生感，而这种陌生感带给她的是对母亲命运的任其发展的担忧。

我耐心向她解释："陪审团，12个人的陪审团。"

"为什么是12个人？是因为美国人喜欢12这个数字吗？"玫瑰问蠢话的时候眼睛亮亮的。

我被逗笑了。

"这12个人是哪里找的？"

"只要是年满21岁的美国公民就可以，不过很多人不愿意，又得花时间又枯燥乏味还得为此请假，找些借口不来，所以来的都是一些有社会责任感，相对收入不高的人。"

"这么简单？"

"当然还有别的考量。比如有一个家庭主妇进来就充当法官，说最应该受到制裁的是被告的丈夫。他的风流快活却惩罚到两个女人身上，这是女人的悲哀。此言一出，她就从候选人名单中被删除了。还有一位越战老兵对亚洲人的形象过于负面；还有那么一位DNA专家，他的专业知识已经让他心里有了定论；还有一个墨西哥裔小伙子私下与记者偷偷接触。这些人都被淘汰了，最后选出来的是相对中立、没有偏见的人。"

"他们都是好人啰？"玫瑰单纯的大眼睛一眨一眨的。

我爱死了玫瑰的这个眼色，它是那么的无辜和清纯。我也爱死了玫瑰的幼稚可笑的问题，没头没脑、语言无轻无重的孩童才会呷呷地追问好人还是坏人？

"应该是吧。"我回答。

"像你一样好吗？"

我笑了，笑得很舒畅。

"哪儿规定的这个陪什么什么团？"

"陪审团。据说起源于罗马法典，由于他们的部落制度。一个人犯了事，就由这个部落选出几个人来表决怎么处理。现在英美法律体系中的一个重大特点就是这个陪审团制度，他们听完整个案件后，最后决定有罪无罪。无罪就当场放人，有罪再由法官来量刑。"

我见玫瑰昏昏欲睡地看着我，没有再说下去了，反正说了她也不懂。我看着玫瑰，这个单纯天真的小姑娘，可全指望我去帮助。

我问玫瑰："爸爸妈妈你跟谁更亲？"

"妈妈！"玫瑰不假思索地回答。

"为什么呢？"

"因为妈妈说我是她身上掉下来的一块肉。爸爸可能会再有别的孩子，可她这辈子只有我！"

"现在你妈妈进了监狱，你一定很难接受吧？"

"是的。所以今天对我很重要，我一定要见我妈妈！兰姐姐，你不知道我有多么感谢你愿意带我去见我妈妈！"

很久以后我才明白玫瑰火急火燎奔赴监狱的真正意义，当然等我知道的时候已经太晚了。

现在我只知道要带这个没有妈妈在身边的小姑娘到监狱见她妈妈一面。那是玫瑰第一次走进监狱，第一次去看嫌疑犯，而这人是她的母亲。玫瑰两只大眼睛好奇而惶恐地东张西望，她在想象母亲的狱中生活。

这时随着铁门"哗"的一声打开，一个穿着囚服的女人进来。这种衣服就像一个符号，什么人穿上立刻就成了反面人物。当然她不是什么正面人物，她是双尸命案的嫌疑犯。洪妍就这样一身狱服、蓬头垢面地出现在女儿面前。

会见室是用厚墙分隔成几个小间，每个小间都设一道厚厚的防弹玻璃。母女俩隔着会客室的玻璃，像是阴阳两界的相会，一见面就是两眼泪汪汪。

洪妍伸手拿电话时，我留意看了下洪妍的手，那是一双纤细柔嫩的手，就是文学作品中描写的那种充满女性意味的柔美与善良的手。真的是这双手结束了两条命，连一个未满月的婴儿也不放过？

"妈——"玫瑰一声号啕，这是一个没有妈妈在身边的孤零零的小姑娘的嚎啕。后来发现妈妈听不见，才下意识去拿话筒。

"女儿不哭，女儿乖。"洪妍不知道在叫女儿不哭时，自己已经哭得一塌糊涂。我这时再看洪妍，她已经不再是一个犯罪嫌疑人，而是一个母亲。

"我好想妈妈啊。"

"妈妈也想宝贝啊。你有没有按时吃药啊？你不要让妈妈现在还要为你担心噢。"

"有按时吃药。"

"还有就是不要随便出门，不要随便和陌生人说话。他们会因为我对你指指点点，不要理他们。如果人家问你是不是我的女儿，或者认不认识我，你就说不是，也不认识我。"

"办不到。我不可能不认妈妈。"

"这只是暂时的，妈妈需要你懂得保护自己。"

"法律是公正的，妈妈一定会很快出来的。"

"有女儿站在妈妈这边，妈妈就够了。"

"救我妈妈出来。"玫瑰扭头哭着求我，"兰姐姐，救我妈妈出来。"

我只能这样看着玫瑰，心痛却又无能为力。

"你什么时候出来啊？妈妈。"

洪妍张了张嘴，满腹心思无从说起的样子。相当委屈，又相当忍辱负重地对女儿笑笑。

"出来。我要你出来，我要你回家！答应我。"

洪妍想了想，点点头："好，妈妈答应你。妈妈很快就会回来的。"

"来，妈妈，咱们按个手印吧，你答应了就不能反悔了。"

玫瑰把大拇指贴在玻璃上，洪妍大拇指也跟着贴上去。大小拇指就这样隔着玻璃定在了一起。那按手印是深情的，算数的。比一般的"我爱你"要深沉得多，更像是相互寄生的生物体，是母女间生死相许的承诺。

很多日子以后，我才顿悟今天的会面意味着什么，我才领教这种生死相许的承诺。

洪妍见过女儿后，说也希望跟我说说话。我接过玫瑰递给我的电话，"你好，白太太，我叫兰溪，我是社工。"

洪妍严厉地制止道："别叫我白太太。我的婚姻早已经名存实亡了。叫我洪妍，叫我大姐。叫什么都成，就是别叫我白太太。"

我点点头。

"谢谢你带我女儿来。"洪妍对我说，用那种同谋的语气问，"她爸爸知道她来这看我吗？"

"不知道。今天是丽莎母子的葬礼。"

洪妍听到这个，从鼻孔里不屑地"哼"了一声，像被恶心了似的。

"我这辈子最大的失误就是嫁给这么个中山狼。"然后她就告诉我她如何嫁给了一个中山狼。

"我年轻的时候很漂亮，追求的人很多，而且个个的条件都比白少明好。我和白少明第一次见面是在我父亲的花圃公司，当时白少明是我父亲公司的研发人员。午餐的时候，大家在食堂里排队打饭，有人跟白少明说，让他加个塞儿，他就后退，让人家加起来。又一个人跟他说要加塞儿，他也说没问题。我从小到大都是不让人、不吃亏的性格，我觉得这个人太有意思了，他怎么可以对占他便宜的人这么无所谓。我就上去问他，'你干吗让人家占你便宜？'他嘿嘿一笑，不紧不慢地说：'挤什么挤，早吃早饿。'我想天啊，这个男生真阿Q，要是和他在一起，可以欺负欺负他。所以决定结束我所有真真假假的恋情，与这个男生结婚。

　　"第二年我们就有了女儿，正好我们培育的玫瑰一号在国际上得了大奖，所以给女儿起名玫瑰。应该说这段婚姻的前5年还是不错的，正如我预期的，他对我言听计从，百依百顺，从不违拗我的意愿。当然和我结婚后，他也一下子从一个普通的技术人员鲤鱼跳龙门成了公司的总经理。4年前我们决定移民到美国发展花圃生意。生意越做越大，他的脾气也越来越大。

　　"白少明外面有人已经有一年多的时间了。女人是很感性的，女人的嗅觉敏感而准确地告诉了我，他的眼神笑容上面投影着另一个女人的眼神，他的举手投足里面存留着另一个女人的身影。而且这种外来的眼神与身影的信息越来越多，越来越具体，也越来越明目张胆。他们之间那种赤裸裸的亲密，我也赤裸裸地意识到了。我在没有见过这个女子之前就已经知道她是这样的：她是男人热切饥渴目光所停留的对象，她很知道她对白少明最直接的诱惑就是她年轻火辣的身体，以及她大胆危险的欲望。她所有的智慧都运用在她的身体上，运用到极致。她使白少明的整个身心出现了小伙子的神采，也同时从方方面面地打击这个中年男子的生活，他的事业和家庭。我和白少明已经没有夫妻之实，我不愿意是因为她的存在；白少明不愿意也是因为她的存在。可见他们并不仅是男女床欢那么简单。离婚是白少明提出的。我跟白少明说可以，你什么时候愿意净身出户，我们就什么时候离婚。白少明沉默了也愕然了，然后表示愿意回归家庭。

"这时我女儿还在中国和我父母生活在一起，她已经14岁了。我们决定接玫瑰来美国生活。我回中国接女儿，一日从中国打电话到美国家中，一个女人接的电话。我一听就猜到是丽莎，显然他们并没有分手，而且更亲密大胆到可以接男主人电话的地步。我立刻说打错电话了。挂了电话马上订了两张回美国的机票来捉奸。果然发现丽莎在我们家中，他们竟然就在我的床上，他们看见了我和女儿，竟然没有止住床的动响。那心跳、汗水，还有偷情的勇敢和冒险，这些竟然都成为快乐之所在。他们当着我们的面匆匆着衣，我看到丽莎那时已是大腹便便，即将临产。他们竟然连孩子也有了。我叫她立刻给我滚出去，这是我的家！丽莎更凶，说这是谁的家，还不知道呢！

"我正和丽莎理论，没想到这个时候白少明上来就给我两个耳光。左右开弓，耳光快、准、狠。他竟然当着女儿和情人的面打了我两个嘴巴。在那两巴掌之前，白少明的立场是被期待的。两个巴掌后一切都有了定论。那个场面真是吓人。我女儿当时就吓坏了，她一边哭一边叫：不要打妈妈。不要打妈妈。

"那巴掌是把耻辱永远地留在了我的脸上，我的脸有种肿胀感，过了一会儿，我才抬手去摸被打木的脸，不是痛的感觉，而是耻辱。我摸着自己口角流血的脸，我听见自己平直地对他们说：滚！都滚出去！这是我的家！"

洪妍再次进入角色，尤其讲到她当场捉奸，说得有声有色，身临其境，甚至感觉到气氛和光线里都有丽莎，那种白种女性躯体散发的生物气味一直迷漫在这个家里。洪妍还有点负气，故意要把那场景讲得糜烂一点，才使自己处境更凄惨，这才解恨似的。

"你多大了？"洪妍问。

"24岁了。"

"哦，你和丽莎一样大。真年轻啊。"

她把我和丽莎归在一起，我就不知道怎么接话了。

"你看我虽然讨厌那个女孩子，可那也是个年轻的生命，这么年轻就死了，我想想都觉得可怜。你说我怎么可能夺走这么年轻的生命呢？"

我点点头。点头只是表示我在听你讲话，不表示我同意。

"有男朋友吗？"

"刚刚分手了。"

"长得这么漂亮，一定很多人追你，可不要被男人的花言巧语迷惑了。白少明当年追我的时候，我说一他不敢说二。看看他现在吧。他竟然为丽莎买下一栋房子，正式金屋藏娇。我雇了私家侦察找到他们的住处，我上门请女孩离开白少明。我苦口婆心地劝她站在我的角度想问题，但是那个女孩态度非常恶劣，而且嚣张。丽莎说，'你应该好好反省自己，而不是跑来和我吵。如果你有魅力有本事，他就不会来找我了。'轻蔑与叫嚣都齐了。我最瞧不起那些除了床上本事什么本事都没有的女人。跟我谈本事？自己拼出个亿万富翁来才叫有本事，专偷有家室的男人当个寄生虫算什么本事？！而且我在丽莎的衣柜里发现白少明给她买了那么多名牌衣服和包包，我与白少明辛辛苦苦打拼了十几年，白少明从来没给我买过什么，他竟然把我们的钱去孝敬另一个女人。我拿起剪刀，把这些衣服和包都剪了。事后丽莎哭着向白少明控诉，白少明为了安慰和讨好她，竟然给她买了更多的名牌衣服和包包。白少明竟然这么来处理问题！"然后嘴里又是一轮千刀万剐的凶狠，骂一阵又出来了秦香莲的哭腔，"这就是同甘共苦的下场吗？你说，我冤不冤啊？"

"我今天见过你的律师。我觉得他说得对，你需要你的家人出现在听众席上，尤其是你先生。"

"他才不管我的死活呢。"

"十几年的夫妻总有些情义吧？"

"情义？什么是情义？爱呀情啊的，才是花钱浪漫的，受苦受难的才是义。如此说来，谁又要这义呢？我要告诉我女儿啊，长大了，可别傻傻地要这个义，那全是苦故事，心酸史。没有一点浪漫可言。"

洪妍此刻脸上的冷笑有一点狰狞。这一番理论含着洪妍个人的人生体验，这体验是至痛至爱的代价。

"外面是不是对这个案子都谈翻了？"

我点点头。

"他们都谈些什么？"

我不愿意多说，不愿意打扰她的情绪。

"我在看守所里也每天看新闻。"她的意思是我说什么她都不会吃惊。

我就说了外界对这个案子的看法，"大部分人是比较中立的态度：丽莎和你先生有外遇，甚至有孩子，这种做法虽然不对，但只是道德上的错误，不至于到该死的那步。尤其那个婴儿，更是死得无辜。"

洪妍平静地听着，像是听别人家的家长里短，一副无针对性、无个人情绪的表情。洪妍对外界的各种反应完全不吃惊，早在她的掌握之中。

"我的律师一再交代不让我跟任何人说有关案情的事情，所以现在我不方便多说。我只能说我现在就等着开庭，等着无罪释放的那一天。我会出去的。"

我点点头，可心里都替她发虚。洪妍这句"我会出去的"说得多肯定啊，那一刹那我想，她为什么这么自信？难道真不是她杀的人？还是暗中有什么力量给了她这样的信心？

"你知道我要求的是无罪辩护。检察官给了我一个10年的认罪条件。我拒绝了。我的律师都被我气疯了，说我脑子进水了。"

我看了她一眼，想说我觉得也是。陪审团里会有人同情洪妍，但是两条命案不是靠同情就可以随便淡化的。

"可是我没有杀人，我不能去承认一件自己没有做过的事。如果我接受这个安排，那就意味着我承认自己是个杀人犯，那么我女儿也就成了杀人犯的孩子。"

我听完，知道自己不能劝她什么。对洪妍的同情也源于此刻。

"请你帮我一个忙？"

"请讲。"

"不要再带我女儿来这种地方见我，我不想让她看见我这个样子。"

洪妍头一偏，全是眼泪。

SHAONÜMEIGUI

少 女 玫 瑰

第六章

表演是一门学问

我带玫瑰回家，就在快到她家的时候，车坏了。当时它就在路上发脾气不肯走了。我的车子太旧了时常会坏，坐过我车子的人，像我的同事、朋友，还有我之前的男朋友，都曾经因为我的车子坏了而表露出各种表情，比如不耐烦、担忧、厌倦再或者同情，却从来没有出现过这么一种表情，就是玫瑰现在脸上的表情，"天啊，车子还会坏？"

　　我说："是的，车子会坏。就像你们家的电脑、电视、冰箱都会坏，你不知道是因为它们在坏之前，或者根本还好好的，你们就换了新的了。可是很多人都是等坏了才换，或者坏了也没有能力换新的。"

　　"太好玩了，我喜欢。"

　　"啊？"

　　"这样比较有故事。我不喜欢太新的东西，旧的东西比较有故事。我就有个旧收音机。我喜欢它就是因为它有故事。"

　　她不提醒，我还想不起来她有个旧收音机。我想这个孩子这点很好，有钱人家孩子的娇骄二气她身上真没有。而且跟着我下了车，到后备厢找工具，一个劲地问她能帮上什么。我说："你自己玩一会儿吧，你帮不上什么。这个车子太旧了，我得哄哄它，给它上点机油。"

　　等我把车子修好的时候，玫瑰不见了。我四处望去，前面几十米一个中心公园处，玫瑰站在那里。一个爸爸背着小女儿在草地上跑，妈妈在后面叫："慢点，小心点。"爸爸和小女儿在妈妈的娇媚的阻挠声中跑得更欢快。玫瑰就这样安静地看着他们幸福着，眼里的忧伤非常动人。她那样淡雅的忧郁让我的心隐隐作痛，我能看得出来她心里很羡慕。我知道，因为我曾经这样：14岁失去父母后也曾经这样悄悄地安静地看着别人的家庭这样幸福着开心着，幻想自己就是那个小女孩。我不记得哪位作家说过：作家写来写去都在写故乡，写来写去都在写童年。

玫瑰看到我，没有哭，只是泪眼朦胧地说："这个公园离我家很近，可是我们从来没有来过。"

我点点头，就这样看着她泪水朦着眼睛梨花带雨，心痛地看着她，表示她的情绪我都理解。不像其他长辈那样上去抱抱她的肩说：没事了，没事了。

"我不需要那么多的漂亮衣服，也不需要那么多的玩具，也不需要什么度假，我只希望我的家庭也能这样。我的要求过分吗？"

"不过分。"

"你和你的爸爸妈妈有很快乐的时光吗？就像他们这样。"

"我父母去世得很早。"

她听到这，看了我一眼，又立刻把目光移开，像是不忍心多看，非常抱歉地说："对不起。"

"多多珍惜和自己父母共处的时光。"

"我的妈妈现在在监狱里。"玫瑰的意思是我妈妈现在在监狱里，我们怎么共处？一会儿又说，"不过等我妈妈出来了，我们就可以经常在一起了。"

等我妈妈出来？我心里想难道这个孩子幼稚到以为她妈妈进了疗养院吗？住上几天就出来了？在这一点上她们母女是同样的

自信，或者幼稚，她们的自信或幼稚是从哪里来的？

"我很小的时候，我爸爸妈妈的感情还是很好的，他们也经常带我来公园。就像他们这样。"玫瑰指指那幸福的一家人，说，"我很怀念那些日子，后来他们就开始吵架，再后来就有了丽莎，越来越糟糕。他们很少在一起，我们三个人更少在一起。我常常感觉到害怕。"

"害怕？"

"爸爸妈妈不在我身边的时候，我会害怕。"

"害怕什么？"

"害怕很多东西，有时候也害怕自己。"

"害怕你自己什么？"

"害怕自己一个人，我不喜欢一个人。我一个人的时候会做不好的事情。"

"什么意思？"

"我一个人的时候会出现稀奇古怪的想法。"

"什么样的想法？"

"我也说不好，我就是觉得爸爸妈妈都在我身边的时候我会比较安全，心情比较平静。我不希望他们分开。"

"其实如果父母在一起不幸福，离婚是一条出路。"

"那我们就不再是家人了。"

"会是家人，只是不住在一起。换了一种形态。现在社会的家庭形式比以前多元化，包括单亲家庭，还有养父母家庭，等等。像我后来的家庭就是养父母家庭。"

"那总没有同时有爸爸妈妈的好。"

"不是每个孩子都这么幸运。"

"我希望自己是幸运的。我就是害怕生活会有这么多的变化。"

"你也会变化。你会变成一个小女人。不久就会不再希望总跟父母一起出现在各种场合，而是希望跟自己的朋友玩，再然后你不再喜欢父母给你买的衣服，而是自己逛街买自己喜欢的衣服，再然后有男孩子给你打电话，你的情感就会从父母身上转到自己喜欢的男孩子身上，再然后你会悄悄地出去与喜欢的男孩子约会看电影，然后骗父母你去补课了。"

　　"兰姐姐。"玫瑰嗔羞地打断我，那个年纪的女孩子特有的娇羞，抿着嘴，红着脸，不好意思听下去的样子。

　　"我的意思是小时候我们希望周围一切都是不变的，长大后知道周围一切都在不停地变化。"

　　"我希望他们能一起带我来公园，陪着我。这个想法并没有变过。他们说会带我来公园的，可是他们都在骗我。"

　　"他们不是故意骗你的。"

　　"所以我也骗了他们？"

　　"你怎么骗了他们？"

　　"我骗他们我不舒服，我生病了，这样他们就会留在家里陪我了。兰姐姐，有人骗过你吗？"

　　"当然。比如我的前男友说他要让我成为这个世界上最幸福的女人。结果他让我伤心了很久。"

　　我们都笑了。

　　"再比如我妈妈以前常常告诉我，我是这个世界上最最美丽的女孩。很长时间内我一直以为这是真的。她过世后，再也不会有人这样挖空心思地来骗我了。"

　　我们又都笑了。

　　"再比如说我父母还说他们永远不会离开我，他们最后也食言了。他们离开了我。"

　　我们都不笑了。

"他们没有离开你，他们一直和你在一起，他们一起活在你的生命里。"

　　"说得太深刻啊。"

　　"这是我在一部电影里看到的。"玫瑰娇羞地坦白。

　　"听着就像电影台词，或者哪本书里的对白。"我也笑，"你喜欢看电影啊？"

　　"喜欢，特别喜欢看演员的表演。"

　　"看演员的表演？"

　　"表演是一门学问，表演也是一种本领。"

　　我看着她，"这个又是哪个电影里的台词吧？"

　　玫瑰又娇羞地笑笑，突然非常认真地问我："你会原谅那些骗了你的人吗？"

　　"这个要看情况了。"我笑，"你骗了我什么吗？"

　　"其实我几天前就知道爸爸今天会不在家，他会去参加葬礼。所以他一出门我就给你打电话。其实我知道你见过比尔了，是比尔叫他的中国助理叫我打电话给你。"

　　"我知道。"我淡淡地说。

　　"你怎么知道？"玫瑰吃惊地问。

　　"可能你还不知道吧，"我冲玫瑰眨眨眼，小声地像向她交托一个秘密，"其实我也14岁过。"

　　玫瑰淡雅地笑，用兰花指轻轻捂了捂嘴。

　　"玫瑰，可以问你12岁那年被绑架的事情吗？"

　　玫瑰点点头："那天放学我被一个香港男人接走了。他说他是我们家新雇的司机。因为我们家的司机是香港仔，他说他是他的亲戚，他的口音跟我们家的司机一样，而且口头禅也一样，都是'仆街啦你'。就连别人超了他的车，我们家的司机也说'仆街啦你'。我问他什么意思，他不肯告诉我。兰姐姐你告诉我这是什么意思？"

听一个上海小女孩四不像地学著名的广东脏话，我忍不住笑："小孩子不学脏话。"

"这个香港人说我的司机临时有事，他来接我好唔好？还问我识听不识听他的话？所以我也没有多想就上了他的车，可是他没有走我们的老路线，很快我就明白过来了。他说他是亡命之徒，没有家庭，没有老婆孩子，叫我乖乖的，把他惹急了，他什么都做得出来。他说我的命值钱，他的命不值钱。与我同归于尽他也不算亏。我害怕就开始哭，他见我哭就说仆街啦你！我说我爸爸妈妈没有时间就是有钱。你会拿到钱，但请不要伤害我。后来我的父母把钱汇到了他境外的一个账户，他就放了我。"

"他怎么就放了你？"

"我也不知道，他说是因为我说了一句谢谢。"

"你说了一句谢谢，他就放了你？"

"我的手被绑起来，没有办法取药。我对他说：大叔，我有羊角风，必须服药，不然很危险。如果我死在这里了，他们会以为是你把我搞死的。那你就拿不到钱了。他听了后就替我从书包里取了药，还给我倒了杯水。我服了药，对他说：谢谢大叔。他当时很惊讶，看了我很久。他说从来没有人跟他说谢谢。我说我需要谢谢你，如果你不给我吃药，我会死。如果我死了，我家人会很伤心的，你想一想如果你死了，你的家里人多伤心啊。他说他没有家人，没有人在乎他的生死。我说我在乎。他听完就哭了。"

她的一句"谢谢"让绑匪的心一下柔软下来，原来他还是一个值得感谢的人。在那双无助却不把他当坏人来看的眼睛里，他看到的自己是个正常的人，至少不太坏，甚至是有能力保护小孩的一个"大叔"。而所有其他人不是在日常生活中把他当人渣来吆五喝六，就是在他穷凶极恶的时候震慑于他的大盗形象。而小女孩眼中的自己是他希望的自己。他的内心有一处柔软是别人从来没有探知的，连他自己也不知道，而这个小女孩一句普通的"我在乎"就捅到了他的柔软处，捅得他痛痛的，又甜甜的。

我在大学里修过危机公关学叫"击垮心理防线"，玫瑰不用学，她是天然的。不久前我还看了一则新闻也是讲中国有钱人家的孩子被绑架和撕票，绑匪后来供述这个孩子飞扬跋扈，比绑匪还凶，说他的爸爸是很大的官，他爸爸不会放过他们这些人渣的。绑匪只能一不做，二不休。而玫瑰要上厕所的时候说，"大叔，能……能放我下来方便一下吗？"渴的时候说，"大叔，有机会的话，我……能喝口水吗？"她不低三下气，只是礼貌。结巴，仍不忽略礼貌。而玫瑰的礼貌是绑匪最后亡命天涯的日子最普通又最珍贵的礼遇。

"他放了你，他不害怕你指控他吗？"

"我告诉他如果他放了我，我不会指控他的。"

"为什么不？"

"因为他并没有特别地伤害我，其实他可以更坏，可他并没有那么做。他还按时叫我吃药，说明他不想我死。而且他跟我一样，一紧张也有点结巴，他和我一样都嘴笨。他只是要钱，又没有要太多，只要了500万，而且还是人民币。那些钱对我们家没有什么改变。"

我看了她一眼，心里想：不是吧，我的大小姐，我们对钱多钱少的概念太不同了。我的人生就是因为出现接近传说的、似有非有的500万人民币，于是有了改变，多出了许多惊险与谜团。

"他最后放了我，这是最主要的。说明他并不是很坏。"

"你的故事告诉我们什么道理呢？"我说，"告诉我们讲礼貌是多么的重要啊！"

玫瑰又淡雅地笑了，笑话我把一个血腥善恶搏斗的绑架故事总结得如此浅白，可是我听了半天，真的就在想，一句稍微体己的话可以救命，善待他人乃自救。这是一个很深的社会和宗教课题。这个小姑娘她不懂，她只是这样做了。

　　"这件事情对你的打击一定很大？你一定很害怕吧？"

　　"其实也还好，让父母损失了一些钱，不就是500万吗？！可也让他们从美国飞到上海来看我了。"

　　"我相信在那种时候你的父母并不在乎钱，只要你平安回来就好。"

　　我说的时候其实在想她的500万和我的500万是一个概念吗？我的500万让我的人生疑点重重，带着恩义情仇的悲壮。我怎么能像玫瑰这样冷静超然地对金叔叔一家说：不就是500万吗？

　　玫瑰又突然问："如果我不在了，你会想我吗？"

　　"不在了？"

　　"我想回中国去。"

　　"为什么？"

　　"在这里我感觉不安全，不安心，经常提心吊胆。这里发生太多的事情，我不喜欢这里。我不会英语，也没有什么朋友。我想回国。"

　　"回到中国也不失为一条出路。你回中国后我们还可以保持联系。"我说，"我当然会想你了，你是我可爱的小朋友。"

　　玫瑰高兴地说："我会给你写信的。每一封信里我都会夹一片玫瑰花瓣，让你知道是我寄的。"

　　"好。一言为定。"

SHAONUMEIGUI

少 女 玫 瑰

第七章

你站在哪一边

就这样一路说着话，我把玫瑰送回了家。就在我把车停在玫瑰家门口前，一个由一副明星常戴的大黑墨镜和鲜红大嘴巴组成的艳丽的东方面孔的人站在门口。她认真再认真地打量了一下我的车，她的表情是我们这里什么时候停过这么一堆破铁啊。

　　"嗨，自我介绍一下，我叫温妮，这家人的邻居。"温妮对我说，她讲起话来飞眉飞眼的，很有舞台效果。

　　玫瑰很礼貌地点头示好。不像她那个年龄段的孩子，嘴巴都像上了封条一样，半天蹦不出一个字来。玫瑰冲温妮微微点头一笑："温妮阿姨，你好。"把一套问候做得很完整。

　　"玫瑰真是一个好孩子。"温妮很喜欢炫耀玫瑰的礼貌和谦顺。

　　"谢谢。"温妮的表扬让玫瑰又礼貌了一次。

　　"我在等你们。从今天开始我就是你的家教了。"

　　玫瑰看看她，又看看我，用眼睛问：这是怎么回事？

　　温妮解释："白先生说你总找他麻烦，可是他现在实在没时间给玫瑰转学，让我先教着。放心，我有硕士学位。"

　　温妮转过脸对玫瑰说："我教你好不好啊？"

　　玫瑰说："麻烦你了。"

　　"哦，这样呀！"我说，"对不起，不知道你们有课。我们回来晚了，因为我的车子坏了。"

温妮看了一眼我的车子，她一定在想这个也能叫车子吗？她同情地说："它能把你们带回来就不错了。"

玫瑰也看了一眼我的车子，温情地说："我喜欢这个车子，它有故事。"

温妮转用英语对我说："他们家的人没什么好的，除了有一个好女儿。可惜这么好的孩子偏偏又患有羊角风。有这病这辈子就算完了。"

不想让玫瑰听的话，就说英语。这一点几乎是所有人的共识。

我连忙看了玫瑰一眼。温妮对我使了个"请放心"的眼神。温妮觉得玫瑰不懂我们在说什么，听不懂，就没有必要回避。我想虽然玫瑰听不懂我们的话，但是她一定懂得我们言语的肆无忌惮。不然怎么会温妮一边说，一边慈祥地拍玫瑰的头时，她头一歪准确地躲过？

"玫瑰，最近羊角风没再发作吧？"温妮态度还是可以的，不只是好奇八卦，更多的还是关切和担心。

玫瑰低下头，不愿意回答。

"这个没有什么不可以谈的，你没有任何过错。"

"我知道，但是不想谈我的病也没有任何过错。"

这种时候不多，但碰上这种时候我颇为诧异：这个孩子虽然话不多，但也不废话。

温妮也诧异地闭嘴了，自觉地换了个话题："你爸爸刚刚从丽莎和你小弟弟的葬礼回来。"

温妮又对我说："白先生知道你们去探监了。你们小心点。"

玫瑰看了温妮一眼，垂着她薄薄的单眼皮："他不是……我弟弟。"

温妮立刻别有意味地看了我一眼，对人家的家事充满了求知欲般地追问："你是说那个小婴儿不是你爸爸的孩子？"

"他……是那个女……人的孩子，可……可他不是我弟弟。"玫瑰的语气不仅是高傲，已开始蛮横了。

温妮看我的眼神意味更深了，好像在说：这里面有文章。温妮拼命想弄清其中的蹊跷，眼睛睁得开开的："那他是你爸爸的孩子吗？"

"我不知……道他……他是不是我爸爸的孩……子，可他不是……我弟弟。"

温妮开始理这层关系，忽然发现玫瑰又给兜了回来。

"如果不是白家发生这样的事，我们这里一直都是很平静的，平静到有点沉闷。我丈夫和我甚至都想搬走。"温妮带着感激感恩的语气说，好像这件血案充实了她的生活，开拓了她的视野。她本以为那种惊心动魄的凶杀案只在好莱坞电影里出现，她永远只是一个看热闹的人。不曾想有一天她竟然幸运地离这场凶杀案如此近。她说："一对白手起家的夫妇，等这个男人飞黄腾达的时候，却爱上了别人，给她买房买车，把他们的家产挥霍在另一个女人身上，她当然生气，起初也就是忍着，劝着，等着，没想到却忍出了一个离婚，等来了一个孩子。这还得了，这将来是要来分财产的。妻子这时忍无可忍了，就起了杀机……"

温妮又转向玫瑰，对她快人快语起来："你妈妈也真傻，这种男人一脚踢开算了，犯得上为他去杀人？！"

"我妈妈没……有杀人。"我看见玫瑰的长睫毛瑟瑟一抖，把她突发的怒气变成了委屈。

"你怎么知道？"

"我就是知……道。我就……是知道。"玫瑰小脸鼓鼓的，结巴地发出一种孩子气的、不当真的殊死防御。

"孩子，其实啊你什么都不知道。"温妮神秘莫测的同时意味深长地说，就像她知道什么，却不得已不能道出一样。后来当她在法庭上语出惊人时，我才明白为什么她会这么说。她确实知道秘密。

"你才什么都不知道呢。"玫瑰更是着急地反驳，也像她知道什么似的。更后来也证实她确实知道得更多、更多。

从始至终什么都不知道的是我。

"好好好，你知道，你什么都知道。"温妮作为大人只能向这个孩子认输，然后伸手去拍拍玫瑰的肩膀。玫瑰一偏身子再次躲过了，同时很泄愤地去踢路上的小石子，想与什么作对似的。

温妮和我在旁边看，想这毕竟只是一个14岁的孩子，情绪是这么容易外露。

我连忙岔开话题，问玫瑰："先让她来给你当家教好吗？直到你找到学校为止。"

"好的。可是你不需要在家里陪你的先生吗？"玫瑰问温妮。

"他出差了，他经常需要出差。"

"那你不担心他一个人在外面不乖吗？"

"不乖？"温妮没有听懂这个孩童语言是什么意思，"他那么大的人了，有什么乖不乖的？"

"交别的女朋友就是不乖呀。"

温妮笑了，原来这个孩子说的是这事。她的家庭关系催育了一个孩子对男女之事的敏感与早熟。温妮笑道："他很乖的。"

"你怎么知道？"

"因为我们感情很好。我很相信他，他不会背叛我的。"

这时玫瑰可怜她似的一笑，悠悠地说了一句："我妈妈以前也这么认为。"

事后想来这是一句温妮该惊觉的话，当时我们只当她是童言无忌。

玫瑰和温妮进了书房开始第一次上课。我也跟着进去，进了门就看见一个亚洲男子一个人静静地站在玫瑰园里，成了风景的一部分。目光深沉，神色忧郁，像个断肠的天涯人。这个心碎凄美的背影只会在文学作品里出现，因为写这个背影的作者在现实生活中往往是个伤他人心的人，所以才跑到小说里变成一个伤心的人。这个背影也不例外，他也是伤了人家的心才落下这个伤心的背影。我知道他就是白少明。这个中国男子，有着茂密的头发，五官俊朗，是个有吸引力的亚洲男子。

"白先生，见你可不容易啊，我们通过几次电话，却没有见过面。我知道在这种时候说什么都无济于事，我不知道应该对你说什么才能安慰到你，你会挺过来的。"这些例行的官话我也得说。

白少明一点客套不讲，上来就质问我："你偷偷地带着我的女儿去了看守所了？"

"是的。我带她去了。"

"天啊，你真大胆，你不认为你应该先跟我商量一下吗？看来你们是一伙的。你站在她那边。"

"我不站在任何人那边，我也不和谁一伙。我站在玫瑰那一边。作为社工，我需要以她的利益为出发点。洪妍是她的妈妈，她想见她的妈妈。而你不肯。我也能理解你复杂的情绪和处境，而我至少可以带她去跟她妈妈见上一面。"

白少明听了我这话，情绪平静下来。

"她怎么样了？在看守所里还好吧？"

"你说呢？关在看守所里能好到哪儿去？"

白少明叹了一口气，低下头说：

"我想她，真的想她。"

白少明的声音很伤感。我连忙去看他的脸，他的脸比他的声音还要伤感十倍。

"她如果知道你这么想她，会欣慰的。"

"我真希望她现在就在我身边。"白少明的声音更加哀愁悲痛。

"她想她也需要你在身边，尤其是现在。"

"怎么可能呢？那不成《聊斋志异》了。"白少明的声音已经从伤感到了绝望。他背后是暗淡一片的玫瑰。

我才意识到这个"她"指的是丽莎。这个时候他想的还是他的情人，而这一份缅怀对于洪妍又是多么的难堪。

"大概所有人都会认为丽莎和我在一起是为了钱，其实她不是那种女孩子。她从没有向我要过任何东西。我提供给她的一切都是自愿的。相反她会劝我常回家看看女儿。"

因为我是社工，又是一个中国人，他对我不设防。他说：他在中国的事业基本仰仗洪妍娘家的势力，他也一直生活在她和她的家庭阴影下。4年前他们夫妻决定到美国创业，到了美国，他就像获得重生，长久的压抑变成永不衰竭的饱满的热情释放出来。花圃事业做得非常成功，事业越做越大。他自然有了底气，身上有了气焰，是那种男人建功立业之后特有的气焰。而洪妍还像以前那样对他大呼小叫，坚持认为他的今天是拜她所赐，动不动就把他捏在手里。他最常回她的话是："这是美国啊。"天高皇帝远，她们家的势力还能管到美国吗？只是因为生意和女儿的原因，他才勉强与洪妍维持名存实亡的婚姻。他们之间已经没有什么"性趣"了。她的身子冷冰冰的，他这方面倒也不怪她，一个女人能和他打拼下这么大的事业，这样的女人越来越发现自己的兴趣和功能不在床上，她们已经不再需要以这种功能来取悦男人了。

认识丽莎很偶然。一年半前的一个中午，他去一家餐厅吃饭，丽莎是那家餐厅的服务员。他对她的印象很好，热情、漂亮。吃完饭，他付了她300块的小费。丽莎追了出来问是不是签错了单子，他笑着问，"你还希望我多加一个零吗？"他们很快就在一起了。洪妍很敏感，立刻就发现了这事，逼着他做选择。他一开始是不打算离婚的，他是个陈旧的人，毕竟她是发妻，是孩子的母亲，而且他们还有共同的事业。她本来占着理，现在还占着委屈，倒弄成了秦香莲。其实他那时已经离不开了——丽莎怀孕了。

白少明说："其实我应该早下决定离开她。如果早离开，后面的事情就不会发生了。"

我点点头，想那倒也是。

白少明又说："如果不是因为女儿和生意，决定就容易多了。"

我才明白这次的她指的是"洪妍"。

"白先生，事情已经发生了，节哀顺变。葬礼怎么样？"

"那块墓地是我买的，本来我希望也能致上一段悼文，可是丽莎家人不允许。丽莎的弟弟冷冷道：'休想！你太太害死我姐姐他们，你还好意思致悼词？你们全家都会遭到报应的。'"

当他告诉我这些时，我没有想到白少明和丽莎家的冲突才刚刚开始。

"白先生，谢谢你愿意跟我分享你的故事，我来的目的是为了玫瑰。白先生，孩子的事情永远是大事。"

"我明白。我和孩子的妈妈虽然非常敌对，但在对女儿这一件事情上我们是高度一致的。我们把她接到美国来就是想更好地照顾她，就是为了给她看病。我们原本的计划是第二天就带她去看医生。可是她一来就发生了那事。"

我看着他，等他接着说。

"我们一直希望把女儿接来，可是因为生意太忙，不能照顾她，而且女儿有癫痫，需要有人照顾，跟着外公外婆会更好。现在我们生意稳定了，美国的医疗条件更好，我们想把孩子接来美国治病。这样洪妍就回中国去接孩子。原来说好回去三个星期，我也不知道她怎么就突然决定提早一个星期回来，而当时丽莎正好在我家里。因为丽莎一直说想看看我的家，一直没有机会，这次洪妍回国是个机会。

"那天凌晨一点多，我们睡得昏沉沉的时候，突然洪妍带着女儿从中国回来了。啪地把灯一开，洪妍脱下高跟鞋就朝我们砸过来，然后就扑向丽莎。洪妍先是给了丽莎一个耳光，接着揪着丽莎的头就向墙上撞。我当时觉得太过分，因为丽莎已经怀孕8个月了，于是我就打了洪妍一下。打后我才顿时惊觉地回顾，我的整个意识开始回顾。我向洪妍道歉，可这时洪妍发疯般地反扑过来，我们三个人厮打成一片。我女儿当时就吓傻了，说：不要打了，不要打了。

"这以后日子是没法再过了，我提出离婚的想法。洪妍明确地告诉我，如果要离婚，我必须净身出户。她宁愿毁了这家公司，毁了一切，宁愿自己一分钱没有，也不可能让我得到一分钱。这就是洪妍的性格，非常刚烈。她说：'你不是说你们有爱情，如果你净身出户，这个白种女人还跟你好，那才算是证明。'我说：'如果我找了个亚洲女人，你心里是否会感觉好些？'她说：'你知道让我感觉好的是什么吗？你一个亚洲男人能找这么漂亮的白妞儿，这让我觉得你有两下，所以证明给我看——她不是为了钱。让我佩服你！'

"那以后，我就把丽莎安置在别处，可是洪妍还是找到了丽莎的住处。丽莎被杀的前三天，洪妍上门闹事，洪妍把丽莎的衣服全给剪掉了。两人大打出手，把警察都招来了。而且那次洪妍还带着女儿去。她这是向女儿灌输对我的仇恨。三天后就发生了这起命案。"

洪妍的版本和白少明的版本显然有些出入，也许他们都在说实话，并没有撒谎，至少他们不认为自己撒谎。人的记忆非常不可靠，比如对于那一场三个人打斗的描述，两个版本轻重不一，两人都意识不到他们讲的已不全是真的，因为在他们的脑海里这些就是真的，就是他们对事情的所有印象。唯一真实可靠的是当时一个14岁的女孩被吓坏了。

"虽然你们的初衷是带孩子看病，可是玫瑰不仅没有去看过医生，反而因为看到你们大人的搏斗而受了刺激，病情更重了。这样下去不行。"

白少明点了点头："我一直希望她有一个幸福的童年。现在看看我给了她什么样的童年！"

"还有，她没有上学。我已经了解过原因了。可这不可以成为她不再去学校的理由。你们应该跟学校进行沟通，或者给她转学。"

"我已经给她请了家教。"

"白先生，我不是领导来临时检查工作，你不能应付我啊。温妮不是一个合格的教师。玫瑰应该进入正规的学校才有利于她的身心发展。"

白少明又点了点头，接受批评的态度很好，说："暂时的。她是我们的邻居，也会中文。而且她自己提出来要帮助玫瑰的。"

"你应该多花时间陪陪她。"

"我知道，可我现在是真没时间啊。你看看我现在的情况，事情一大堆，而且每件事都是大事，我哪有时间陪她呀？就好像一个人刚刚被打劫，而你关心的是他家的厨房是不是干净。事情总有个轻重缓急吧。"

"你应该带她去看医生，我说的还不只是癫痫病，她还应该去看心理医生。"

"心理医生？"

"是的，应该接着看帕金医生。他的复诊你们一直没去。家里发生这么多事，这么大的变故，这些对玫瑰的打击很大，在她的心理医生报告里我注意到她反复用几个词，今天她又反复说了这几个词，她说她恐惧，她害怕。"我说。因为我自身在14岁时遭遇人生的重大变故，因为家庭条件有限，没有机会看心理医生，许多问题都自己默默扛着、消化，到现在我还做父母车祸死亡的噩梦。

"她说了这几个词她就需要看心理医生了？"白少明看着我，那个表情是"至于吗？"，他说，"我知道她所经历的这些对现在的一个14岁女孩子来说不容易。可我小时候经历的那些苦难与贫穷不是美国人可以想象和理解的，可我不也好好的吗？美国人动不动就看心理医生其实这才是真正的病态。美国心理医生就是中国的少先队辅导员加街道大妈，就是心灵鸡汤加五迷三道。"

"我的观点跟你有些不同。你认为看心理医生是有病，我认为看心理医生是治病。"然后我告诉他我接触过一个7岁的中国小姑娘，突然间得了眼疾，眼睛不停地眨。所有的眼科医生都查不出问题，后来我建议孩子父母带孩子去看心理医生帕金。帕金医生跟孩子和孩子父母交谈后只是说从现在开始尽量不要给孩子压力，不要逼着孩子讲英语，多讲她以前爱听的中国故事，让她在她熟悉的环境中活动。一个月后这个小姑娘的眼疾就好了。

"我了解我的女儿。她不需要看心理医生。"

"你在她10岁时离开中国，这4年中只是隔一段去中国看她一次，你错过了她成长中很重要的4年，你不能说你了解她。"

白少明点点头，他的意思是：你说你的，我听我的。

"玫瑰在上海上哪一所中学？功课怎么样？她的班主任叫什么？"

白少明看着我，结巴着。

"你全不知道吧？！"

白少明惭愧自卑地笑了一下。

"她身上有多处瘀伤，在她最早的警察报告里是撞到了人，后来对心理医生又说是撞到了地。我想再跟你核实一下，会不会有人打过她？"

白少明反应大了起来："你不会怀疑家里人打她吧？我们疼都疼不过来呢。她有癫痫，发作起来能把自己舌头都咬下来。磕磕碰碰也是常有的事情。"

"还有一件事情：就是洪妍的律师和我联系过了，他们希望玫瑰能够出现在听众席上。"

白少明一听这话反应更大了："绝对不行。我不会让我女儿去听她妈妈怎么杀人的。她只有14岁，又不懂英语。她坐在那里能起什么作用？！"

"在外界眼里，现在你太太就是一个冷血的凶手，连一个婴儿也不放过。只有你们女儿的出现才能让她人性化一些。她也是一个母亲，她也有孩子。而且她的孩子爱她，相信她。达到这一效果的最佳方法，就是叫你女儿出现在旁听席上支持你太太。"

"那你想过这个对我女儿又意味着什么？在法庭上坐着，听自己的母亲如何地被人指控杀了自己父亲的女朋友。"

"你以为她现在在家里就能两耳不闻窗外事吗？她早已经知道发生了什么，甚至她知道的比你我想象的要多。"我的学生腔上来了，"我不想过多地介入这个案件。你们的是非恩怨就交给法庭吧。可是玫瑰的意思要出庭支持母亲。我们必须尊重孩子的选择。何况这个要求并不过分。"

　　"可能你还不知道，我也必须出现在证人席上。"白少明说他早已经请教过他的律师，律师已经对他分析了他在法庭上的形象，检辩双方都不会放过他的。白少明说："我知道这一点。法庭传我的时候，我本想拒绝，根据美国法律，被告的配偶有权拒绝做证。但是法官对此的答复是：同时法律规定被害人是被告或被告配偶的孩子时，不得以此拒绝做证。被告虽然是你的配偶，但是本案死者之一是你的儿子，你不能拒绝出庭做证。我们夫妇俩已经要对簿公堂，都不知道怎么彼此面对了。现在你们又希望我们的女儿去见识这种血腥。我们一家三口都出现在法庭上的场面，你替我、替玫瑰都想一想，那是一种怎样的狼狈不堪？"

　　我嘴上说："我明白。"心里说：以前你要是也把事情想得这么明白就不会发生这一切了。

　　白先生回答了我心里的问题："我也不知道自己那时想什么了。但我知道我比任何人都更不希望凶手是我太太。"

　　显然弄成现在这个两败俱伤的局面，他也无力收拾了。

　　"白先生，那你的立场是什么？你是站在控方这一边呢，还是检方那一边呢？"

　　白少明看着我，认真地回答："不知道。"

　　"不知道？"

　　"我真的不知道。如果她被判有罪，那么我会觉得对不起她。如果她被判无罪，那么我会觉得对不起另一个女人。总之发生这件事情，千错万错，是我的错。"白少明一脸的伤痛十分真切，几乎是痛心疾首地说。

"根据你对你太太的了解，你真的认为她是凶手吗？"

"问题就在这里，我不知道她一定没有杀人。我不能完全确定自己认识、了解这个女人。我不能。我不相信她会做那么残忍的事情，可是我不知道除了她，谁又会如此的残忍。"

说完他转身，迈着有点像迈克尔·杰克逊的跨步，失重似的一步一跨地走开。

SHAONUMEIGUI

少 女 玫 瑰

第八章

自作孽不可饶

我好奇这样一个男人最后的立场，很快我就知道答案了。

两天后我从新闻上得知，就在丽莎的葬礼后一天，丽莎的家人就一纸诉状把白少明给告了。丽莎的家人向联邦法院递交诉状，控告白氏夫妇恶意伤害，要求民事赔偿。现在时机正好，既符合案发一年的有效期限，又可以防止被告在诉讼之前，将产业转移。他们现在要做的就是对白家的财产进行调查。

丽莎的弟弟在电视上接受采访："这是一起双尸命案，连一个未满月的婴儿都没放过，可这样的女魔头却连死刑都没有。白太太恶意杀害丽莎母子，这一行为不仅触犯了刑法，而且也触犯了加州民法第3294条，必须负担惩罚性赔偿。白少明一个有妇之夫，知道太太的禀性，而且在他太太多次上门闹事后，仍然不顾及这种危险，仍与丽莎保持并发展着婚外情，并生育一子，最终导致了悲剧。他们要对此负有补偿性的赔偿。我们要求民事赔偿5000万美金。"

丽莎22岁的弟弟仍然一脸稚气，却打出一串的法律旗号，一听就是律师教过的。

我得知这个消息的时候吃了一惊，可以想象白少明的吃惊。一个官司还没了断，另一个官司已经缠身，而且是5000万美金！

媒体当然不会放过这个新闻。我记得一个同事看着报纸上这条最新的民事纠纷，感慨道："啊，律师靠白家赚钱，就已经可以赚翻了。"

有记者到狱中就此事采访洪妍。比尔一再叮嘱洪妍不要对任何人说任何话，尤其是记者。洪妍很明白，谢绝采访。记者眯眯眼笑笑，然后将一份诉状的副本摆在台上。洪妍果然一激就急，律师的交代被抛到九霄云外，一阵冷笑："5000万美金？真是狮子大开口。别说今天这个案子还没有定论，我还没有被当成真正的凶手。就算我是凶手，被判了刑，我也不可能给他们5000万美金。早就说过她是看上我们家的钱。她活着的时候就是讨债鬼，现在死了，鬼魂还在索钱。"记者根据洪妍的话作出的报道显然对洪妍不利。现在任何不是好消息的消息都是坏消息。

因为洪妍尚在狱中，现在就只能由白少明应付这起民事官司。可能这个民事诉讼让白少明忽然醒悟是他惹出了这么多麻烦；也可能为了不赔这5000万美金，白少明觉得这时应该站在妻子这一边。只有证实洪妍不是凶手才能免去5000万美金的赔偿，他和洪妍是利益的共同体。

白少明第二天就在电视上公开表示相信自己太太是清白的。我想：当我问他是站在妻子还是情人这边，当时对他而言那么挣扎痛苦、生死存亡般的选择现在一下子就简单了。利益才是他们这些富人的最终驱动力。

这个晚上我正在家里看电视新闻采访白少明。成功的比尔是有理由成功的。白少明刚表示他站在洪妍这边，比尔就立刻给他安排了电视采访。在开庭前影响公众，对媒体说他认为警方抓错了人，说自己的太太是一个好女人、好妻子、好母亲，不可能杀人。他声情并茂地说："我非常了解自己的妻子，我们共同生活了十几年，我了解她就像了解我自己。她绝不可能杀人。"

我听到这儿，想那天他可不是这么对我说的。真的像玫瑰说的，表演是一门学问，表演是一项本领。玫瑰爱看演员的表演，先看看自己父亲的表演吧。

这时手机响了，刘妈打来说玫瑰这几天情绪不好，说了很多奇怪的话，像什么"一切都是我的错""如果我不来美国就好了"，希望我能过去一趟。大概是因为跟她妈妈见过面有关，情绪受到影响。

我开车过去，一进门就是白少明风餐露宿的样子，看上去情绪低迷，一脸彻夜未眠的憔悴。

"你好吗？"我问。

白少明很无动于衷地点点头。

"我已经从电视上知道5000万美金赔偿金的事了。"

"我现在真正知道什么叫家破人亡了。"白少明感慨地说。白少明现在是真正的孤家寡人，情人死了，儿子死了，妻子被关，女儿癫痫，5000万美金的赔偿金再这么一赔，可不是家破人亡吗？

我微微点点头，表示同情，没有说话。我怕自己一张口会是"早知今日何必当初"这样的话，我知道这是他现在最不需要听的。

然后我们上了楼到了玫瑰的房间，敲了敲门，没有回应，我和白少明相视了一眼，我们就开门请自己进去。

玫瑰的房间奢华富丽，却很素净整洁，不像其他孩子的那么热闹杂乱，也没有这个明星、那个球星的巨幅照片，却比其他孩子多出床头柜上一排一排的药瓶。过分的整齐干净而没了温暖，尤其没有一个孩子房间应有的淘气与生机，更像病房。就连她的各种药瓶都被排列得井然有序，标签统朝一个方向。这么青春的生命就已经漫漫无期地这么繁琐地进行着。当然她和其他孩子一样有半屋子的玩具，除了这些玩具，玫瑰基本没什么玩伴儿。床头柜上还有几张全家福的照片。那些照片一尘不染，被她反复地抚摸过。

玫瑰把自己打扮得像只兔子，穿着一套包头包脚的兔子外形的行头，不像睡衣，更像是万圣节的打扮。

"玫瑰要出门吗？"我问白少明，我是说玫瑰打扮得很派对。

我被玫瑰的装束唬一跳，白少明没有，女儿的夸张打扮他早已是习以为常。他对我解释："这是她的睡衣，她一模一样的睡衣有几十件。她喜欢这种全身套起来的睡衣，认为这样安全，大灰狼就不会来了。这个孩子缺乏安全感。"

玫瑰的打扮奇怪，表情更加奇怪。她坐在床上，一只手抱腿，头抵在膝上，像蹲监狱的样子。一副躯壳灵魂分离的样子，反复搓手，嘴唇微微颤动，牙床不断咬噬，喃喃自语。她的身上有股淡淡的药味。玫瑰远比她的同龄人要活得冷静。一个人默默地听收音机，一个人默默地生病。即使她没有癫痫病，她也比其他孩子孤独，因为她没有一个幸福的家庭。

"玫瑰。"

我的叫声像是把玫瑰从梦里叫回到人间，她看见我，叫了一声"兰姐姐"，眼泪在她的眼眶里打转。她仍然坐在床上，只是身子向前倾，仰着小小的脸蛋，两只食指抵着下眼眶，防止过于饱满的眼泪随时滑落。她所有的前倾与上仰动作都是为了不让我们看到她的眼泪滑落。

白少明倒了一杯水，从玫瑰床头柜上拿起药瓶，往手心上倒了一把她天天吃的药，伸到女儿跟前。玫瑰像是习惯了我，不再把我当外人，她对一个人的习惯就在于她是否勇于在这个人面前服药。玫瑰一把接过爸爸手里的杯子和药，很机械地往嘴里一倒，吞了一口水。这么一把药她片刻服完，是一个老练而麻木的药罐子。她这辈子也许都需要依赖这种药品了。

"玫瑰你好吗？我听刘妈说你这两天情绪不好。"

"我想妈妈。妈妈什么时候才能回来啊？"眼泪终于再也憋不住了，落下，一滴接着一滴，然后一串接着一串。

白少明就那样看女儿哭，带着爱莫能助的无奈与心痛。

我几乎是用哄一样的语气对女孩儿说："玫瑰，我知道现在对这个家庭来说是最难的时期，但是相信我，一切会好起来的。"

白少明听了这话，就把头扭到一边。他可不想和我这样的社工一起讲大话来哄骗这个孩子，给孩子不切实际的盼头。

玫瑰嘴角提了一下，表示虽然我的愿望不可及，但她领情。

"妈妈没有杀人，她没有。"玫瑰说，看着白少明。

"玫瑰啊，你心里一定在怪爸爸吧。"白少明长叹了一口气，心里百感交集，"爸爸已经失去了丽莎与你的小弟弟，现在又要失去你妈妈和你了。"

白少明知道天下女儿们对男人最初的崇拜来自她们对父亲的崇拜，而他在女儿面前树立了这样的男人形象，他想她长大后又如何能对男人付出真情呢？

"不会的，爸爸，我们三个还会在一起。我保证。"

白少明被她孩子气的发誓弄得心酸。眼泪在玫瑰眼中再次迅速涨满。他突然明白这起家庭悲剧中真正的受害者是眼前这个小女孩。白少明看着玫瑰，就像看着一个被病痛缠身却又无法表达的孩子。想到这儿，眼泪竟先从他那儿落下去。白少明抖着声音问女儿："你要爸爸怎么做呀？"

"我要妈妈。我害怕。"

白少明一直在流泪："爸爸在，爸爸在，闺女不怕。爸爸没说不救妈妈啊。"

我用英语对白少明说："我在电视上看到你的表态了。"

白少明点点头，用英语回我："即便真的是我太太杀了人，我现在又能如何？我是自食恶果。唉，千错万错都是我的错。"

我突然有点怜悯这个男人，他脸上那么深刻的凄楚，看上去像一张老迈的看家狗哀恸的脸。

"我已经通知了洪妍的律师：我会和她一起走过这个司法过程。这个案子结束了，我也就算对她仁至义尽了。"白少明带着痛心的无奈，奄奄一息地说。

我点点头。

玫瑰见过我后心情平静下来，我们见她睡下，白先生和我下楼。白少明告诉我比尔只顾着滔滔不绝地讲述他们的方案，却没有一次问过他的内心感受。

白少明说："他们从头到尾就没问过我是怎么想的，你不觉得这个应该是他们最先问的？比尔甚至对我讲得很直白。如果以后我要和洪妍离婚，就尽管去离好了，但就是不能在这案子审理期间离婚。现在我必须站在她这边。这些律师啊！律师是什么人？谁给他钱，他就可以把黑的说成白的那种人。在中国古代这种人被叫做讼棍，你就知道他们是什么形象，跟恶棍也差不多。"

我点点头，表示能想象比尔培训白少明的情景——

他们问他："你认为你妻子会是凶手吗？"白少明有些犹豫："不会吧，我希望她不是。"比尔很不满意地告诉白少明："在法庭上你不能这么样地回答，你必须回答得快而干脆。因为你犹豫，陪审团会起疑。如果这样做证，还不如不做。"白少明像小学生那样点点头，问："他们会问指纹是怎么留在丽莎家的吗？"比尔说："记得吗？洪妍三天前去过丽莎家，指纹是那时留下的。你不相信吗？"白少明反问："你信吗？"比尔说："我不是她的丈夫，人家不会问我这个问题。"白少明说："我感觉我也不是她的丈夫。我也不了解她。"比尔严肃地说："这种回答千万不要出现在证词中。"白少明又点点头。虽然被比尔的律师腔调搞得很不舒服，尽管不情愿却还算配合，他已经尽力了。

接下来比尔说："我需要问你一些很私人的问题，可能让你不舒服。我希望你有所准备。"白少明警觉地问："比如说什么？"比尔说："比如你和丽莎的事情，你爱丽莎吗？""我爱她。"白少明说完，询问比尔，"我不能这么回答，对吧？那样我在法庭上就是一个背叛家庭的形象。"比尔无动于衷地看着他。白少明想了想又说："可我也不能说不爱她，那样我看起来很无情，很可疑，还是个坏人的形象。"比尔仍然无动于衷地看着他。白少明顿时明白：这些答案无所谓正确与否。所以比尔根本不在乎他怎么回答，他要的就是白少明的坏人形象。白少明怎么答，他都赢。白少明对比尔说："我知道，你们希望出我的洋相，告诉所有的人我是多么鲜廉寡耻的人，想用我的坏形象换取陪审团对洪妍的同情。可我也是有社会地位的人，我也要脸面的。"比尔平静地说："听着，我们现在谈的是怎么救你太太的性命。相比，你的面子也就不那么重要了。你必须站在我们这边，不为了你的妻子，也为了你孩子的母亲。""为了这个孩子的母亲，那么另一个孩子的母亲呢？"白少明问。比尔铁齿铜牙，竟也被问得哑口无言。

白少明已经预感到了他的出庭将是一个洋相，他将是一个丑角，可是他能怎么办？只能是这么一副舍生取义的悲壮。白少明叹了一口气："天作孽，犹可恕；自作孽，不可饶。"

尽管白少明自认已经做好思想准备，什么都想到了，坏的，更坏的，然而法庭上发生的一切还是出乎他的预料。

SHAONÜMEIGUI

少 女 玫 瑰

第九章

再相会时法庭见

终于到了出庭的那一天。

大大小小的媒体扛着摄像机，摆着相机，举着话筒，已经聚集在那里等洪妍的"大驾光临"。我带着玫瑰早早地来了，坐在庭内，有人与她打招呼，她也一定点头以礼相待，同时身子从椅子上提起一点。一副好教养的东方孩子模样。玫瑰的彬彬有礼使她在同龄人里显得很特殊，甚至格格不入。

终于我们看到洪妍了。对于洪妍出场的形象，她的律师团队有严格要求。洪妍最初准备了一件大红色的香奈儿套装，既贵气又霸气；后来洪妍矫枉过正，不知道从哪里搞来一身蓝色卡其，褶皱一道一道的，一副求"青天大老爷，为民女做主"的可怜样。比尔提出八个字的要求，那就是：落落大方，不卑不亢。在律师团队的设计和指挥下，记者们看到了这样一个形象的洪妍：穿了一件黑色的西装裙，剪了一个职业女性的短发，略施粉黛。看起来像个贤妻良母，是这场家庭悲剧的受害者。

看见洪妍进来，玫瑰连忙用目光向母亲打招呼，给妈妈精神上的支持。果然洪妍的眼睛一亮，就像绝望的老农看见希望，眼泪一下涌了出来。玫瑰也一下激动了起来，我和刘妈连忙拉住她，控制她的情绪。

母女相见的一幕刚刚缓和，白少明进来了。这是这家人第一次团聚，此地此景，此处此情，三个人面面相看，那一眼是非常复杂的，都拿不出一个恰当的态度来。这起凶杀案使他们原来就不正常的家庭关系更加不正常。

丽莎生前的朋友、家人，还有丽莎家人请的民事律师也陆续进来。这起凶杀案的成功直接影响他们的民事诉讼。

一切就绪后，一副为民除害表情的艾澜检察官英姿飒爽地站起来，他梳着保守可靠的偏分头，刮干净的鬓角，修干净的指甲。艾澜清了清嗓子，站了起来，走向陪审团，然后用他低沉而富有感染力的声音开始了他的开庭述说。

"先请接受我的抱歉，抱歉的理由不仅是要你们在百忙之中来到这里作陪审，而且是要你们来看这么冷酷无情的人性。死者是一个年仅24岁的年轻女人，和一个未满月的婴儿。"艾澜一上场就亮出死者被害的照片，血淋淋的，惨不忍睹，尤其婴儿被刺后那张变形发青的小脸一下子就让陪审团发出叹息声，而这正是检方要的同仇敌忾的效果。艾澜把陪审团的气氛渲染得足足的，然后说："丽莎被人谋杀在自己家中，被人刺中脑部和胸部身亡，与她一起被害的还有她和白少明共同的儿子。这是一宗有预谋的、残忍的谋杀，连一个不会做证，无法构成威胁的婴儿也不放过。"

"凶手就是她，"艾澜用手猛地向被告席上的洪妍这么一指，"这个女人得知自己丈夫有外遇后，曾经多次威胁过受害者，'如果你不离开我丈夫，我会杀了你'。而且两人也多次发生肢体冲突。白少明和受害者仍然继续交往，后来连孩子也生了出来。这个孩子引起了她的杀机。这个孩子将来是他们两亿家产的最大威胁。从嫉妒到仇恨，她终于拿起了凶器。终于在8月6日晚上她敲开了丽莎的门，丽莎一开门就遭到她凶刀乱砍。这个凶手狡猾到已经将血衣销毁，凶器藏得我们都找不到，但是现场留下她的指纹和头发。洪妍是唯一可能的凶手，而谋害一个不可能指证的婴儿更是只有洪妍才会干的。"

陪审团还沉浸在艾澜精彩的开庭述说中，被案件的残忍震住了。这时比尔站了起来，原本就严肃的表情更严肃，那几根稀疏的头发下的赤裸的头颅冒出冷光。他慢慢扫了一遍陪审团，悠悠地说，他的声音从来不大，好的律师绝不用大嗓门。他说：

"有人被杀了，我们必须找出凶手，如果找不到，我们感觉不安全，所以警方就拼命地找一个最可疑的人，然后从他下手，拼命地找出他身上的可疑点。在现场没有其他作案的证据，仅凭指纹与毛发就能确定洪妍为凶手？那是非常荒唐的，因为洪妍在案发前3天去过丽莎家。指纹和毛发是那时留下的。他们没有找到凶器，他们也没有在洪妍的身上和家中找到有血染的衣服，但是这个可怜的妻子，就已经想当然地成了他们首当其冲的嫌疑人。检方的证据有太多合理怀疑之处，所以不成立。这对母子是被人杀害了，但凶手不是我的当事人。洪妍早在一年前就已经知道丈夫外遇的事情，她并不是突然知道的。她知道丽莎怀孕、生子这一切，她也确实说过一些威胁死者的语言，但那只是一个无助可怜的妻子不当真的气话。请记住，即便丈夫把情人带回家，她也不过是和丽莎争吵和打架；即便她知道丈夫和丽莎生了孩子，而且丈夫为情人买了房子，在这最生气的时候她也不过跑到情人家里剪剪衣服、搞点小破坏以泄愤。她不具备杀人的能力。事实上，我的当事人事发当晚在家里看守着自己癫痫发作的女儿，根本没有出门。只可惜女儿因为癫痫病情，无法为妈妈做不在场的证明。但是哪一个母亲会在女儿癫痫发作时出门呢？更何况是这位将女儿视为掌上明珠的母亲！她是一个好母亲、好妻子，更是这场家庭悲剧的受害者，但她绝不是凶手。"

比尔和艾澜相互看了一眼，针锋相对。他们都是刑事律师，很清楚伎俩与手段，很清楚那些勾心斗角，满是暗算与利用的把戏。更何况这是一桩凶杀案，最终要么牺牲一方，要么两败俱伤。他们更是使出浑身解数。

开场陈述后，检方开始介绍他们的证人和证据。检方首先向陪审团播放了丽莎案发前3天打911报警时的录音，异常恐惧的声音在呼救："有人闯到我家来，把我的衣服都给剪了。你们快来人啊。"接着当时受理这个案子的警员也出庭做证，丽莎死前三天曾经向警方报警，说洪妍冲到自己家把她好好的衣服都剪坏了。丽莎说洪妍是个疯女人。警察赶来，将洪妍强行拉走。勒令洪妍必须保持离丽莎500米的距离。

检方接着让丽莎的一位邻居和丽莎的弟弟出庭，他们都证实了洪妍曾经威胁过丽莎。洪妍曾经威胁过她"如果她不离开白少明，她甚至活不到后悔的那天"。

在呈现了洪妍的威胁证据后，检方开始将证人证据锁定到本案上。要让陪审团裁定洪妍有罪，就要拿出证据来。检方说在现场发现被告的指纹和头发，辩方就提出警方采集的头发和指纹缺乏科学的严谨，那并不能代表什么，因为被告在案发前三天曾经到过被害人家中，产生过激烈的殴打与争吵，当时就留下了头发与指纹。而检方当然据理力争证明他们取证的合理性。

紧接着登场的是本案的DNA测试专家，警局刑事化验室鉴定专家出庭做证，说现场的指纹和头发的鲜活度证明这应该就是事发当天留下的，而不是以前留下的。他是用PCR（聚合酶链式反应）这一方法对DNA进行测试，又用DQ-ALFA（节段定位法），所以这种DNA报告是先进而且可靠可信的。接下来又是图表，又是照片，都是为了说明他们出示的报告完全经得起科学验证。

比尔也雇了全国知名的鉴定专家予以反驳，说到现在为止科学还无法真实确认指纹和头发的存留时间。根据指纹和头发的鲜活度简直是无稽之谈。为了帮助陪审团理解深奥的DNA理论，用各种彩色图表，又是比又是划。于是开始了一场冗长的学术辩论，论述本案的指纹鉴定、血迹鉴定和DNA测试的合理性与合法性。

那是很冗长烦闷的论述，都是一些高深莫测的科学术语，听得人昏昏欲睡。很多记者离开，没离开的也都打着哈欠。这种文章写出来也是以己昏昏，使人昭昭。没有读者爱看，所以他们也没兴趣写。

我也听乏听困了，这比我上的最沉闷枯燥的课程还要沉闷枯燥。看见旁边的玫瑰正襟端坐着，我忍不住小声问：“这些都是英语，你怎么听？”

玫瑰不以为然地说：“我不是来听的，我是来为妈妈坐镇的。她看见我在这里，会比较安心。”

这种冗长的学术辩论终于结束了，轮到白少明出庭了。旁听席上的记者们一下子精神起来。就像电视从科学频道转到娱乐频道，一下子受众就多了。

白少明坐到证人席上，首先向洪妍望了一眼。

下面检方搬出一幅丽莎楼房的平面图，要求白少明对案发地点进行描述。白少明是案发现场的第一证人，他所描述的关于现场的证词至关重要。检方取出命案现场丽莎被害的惨状照片，请白少明指认。白少明说：“是的，当时现场就是这个样子。”对现场的发现，白少明还算对答如流。

两方律师都清楚白少明坐在证人席不是为了指认现场，他们都有一个大大的坑等着白少明。

比尔像个爱打听小道消息的八卦记者，追问两人交往的细节，比如究竟是谁追的谁。比尔拿出一沓打印的两人的手机短信，当众朗读：“亲爱的，虽然今晚见不到你，但我在梦里同你做爱。""亲爱的，你年轻妖娆的身体让我梦魂萦绕。"然后比尔问白少明："你们相爱吗？"

白少明沉默了一会儿，看了一眼洪妍，然后说："当着我妻子的面很难说出口，但是我爱丽莎。"

而这时坐在被告席上的洪妍已经流泪不止，越来越感到吞咽有困难。这就是为什么白少明不愿意坐上这张证人席，陈述这段已酿成悲剧往事的点点滴滴，于他和那两个女人都是一件痛苦的事情。死者已逝，生者尚存。他现在怎么回答，都是错。

"你们共同决定生育一个孩子？"

白少明只是简单地回答是的，不再多说什么。

比尔却拿起丽莎的日记，而且要白少明读。其中丽莎写道："少明非常想再要个孩子。因为他的女儿有癫痫。女儿是他永远的痛。他要我给他生一个健康的孩子。"

白少明这么一念，当场哗然一片，同情怜悯的目光纷纷射向坐在我旁边的女孩儿玫瑰。唯有玫瑰安静似花，眼睛仍然是很干净很纯净地看着前方。因为她听不懂。现在全场的目光投照到她，她连忙扭过脸望着我，意思是问：怎么了？我值得大家这么盯着看吗？我握握她的手，表示没什么大不了，别理它。我想不懂英语也不全是坏处。如果她听懂，无非落得伤心一身。

比尔问："你太太带着女儿从中国回来时，看见你悄悄地把丽莎带回家，你太太非常生气，你太太打了丽莎一巴掌？"

"是这样的。"

"最后你是怎么处理的？"

"我不记得了。"他明明记得。

"你是不是当着丽莎和你女儿的面打回你太太两巴掌？"

"是……是的。"他犹豫了一下，想了想，又说，"当时我们的情绪都非常激动。我感觉她比较凶，而丽莎的处境弱，她已经怀孕8个月了，所以我就打了我妻子一巴掌。"

当洪妍听到"一巴掌"时，顿时失控，失声哭了起来。比尔认为他的当事人受到了强大的刺激，为此要求休庭。再开庭时，洪妍仍然一听就落泪，最后洪妍要求法庭允许她回避听这些，因为"听自己丈夫的风流史对我实在太困难了"。

白少明听到这些，低着点，没有说话。

法官说："聆听审讯证词是宪法赋予你的权利，因为这对你很重要，你可以根据他的证词来准备自己的辩驳。但是如果你坚持要离席我是会允许的。"

比尔也来劝她，请她忍耐，把这些让她伤心的话听完，这些将对她有帮助。

洪妍当场表示："我知道，但是我没有办法听这些。"

法官当即允许。

白少明沉默地看了一眼妻子离开的背影。听着比尔在法庭上列数自己劣迹时，他才知道自己在公众眼里原来是那么样的一个人，就像从医生那里得到诊断，他得了操行上的绝症，没药可治了。

洪妍退去后，比尔仍然对白少明旁敲侧击。

"这些争吵打骂都是当着你的女儿的面？"

"是的，当时太乱了，没有时间避开她。"

"然后你带着丽莎走了？"

"是的。"

"你那一天没有回来？"

"是的。"

"有没有想到你的女儿第一次到美国与你们团聚，你作为父亲应该在家里？"

"想过，我甚至为她的到来准备了一个派对，不料事情会变成这样。当时我即使在家，气氛也会很尴尬。我想过了这一天再回去也许会好些。"

"这件事情后，你的太太与你的关系怎么样？"

"非常不好。"

"你是不是开始经常不回家了，是不是就开始与丽莎半公开同居？"

"是的。那期间丽莎临产和生育，她需要我照顾。"

"难道你太太和有病的女儿不需要吗？"

"我……"

"你太太在案发前3天去了丽莎家，将丽莎衣柜里所有的名牌衣帽剪掉了？"

"是的。"

"你是怎么处理的？"

"我带丽莎去购物。"

"你带丽莎上街买了更多的名牌衣帽，是不是？那一天你就花了20万美元是不是？"

"我这样是为了补偿她。"

"那你有没有想到你这样会更激怒你的太太，还是你就是要激怒她？"

"我当时没想那么多。"

比尔问完，轮到艾澜交叉盘问。艾澜站起来，看着白少明，他的眼睛眯起来，虚起目光想更透彻地看清这个人。好像在告诉白少明，辩方律师不放过你，我也不会放过你。

"你的妻子有过暴力倾向吗？"

"她是一个有脾气的人，但她不是一个有暴力的人。"

"你妻子有没有说过什么她想杀了丽莎的话？"

白少明片刻后回答："有。正如我说的，她有脾气，她会说气话。"

"你料到过你妻子会去被害人家吗？"

"没有。"

"那你就更没有料到你妻子会去被害人家里，把她的衣服都给剪了？"

"没有。"

"所以你妻子的行为和品性，你是不了解的。"

白少明不说话。

"所以你并不能说自己了解她。"

"可我知道她不可能杀人。"

"可事发当天警察问你这个问题的时候，你并不是很肯定这一点。"

"当时我受了惊吓。"

"哦，所以事发当时你并不肯定。现在隔了一些时间，你想想，反而把这个问题想清楚了。"艾澜说得很讥讽。

检辩双方都对那两次家庭暴力的细节进行交叉质询、重复质询，试图得到自己想要的。检方要的是，这两场冲突激化了两个女人的矛盾，也说明洪妍是有暴力倾向的，为以后洪妍杀人预热。辩方的目的也很明确，要为洪妍摆脱或者减轻罪名。洪妍被人逼得忍无可忍了，被丈夫当着女儿与情人的面打了耳光，在丈夫有外遇之后，也不过是去剪了情人的衣服而已。

这一小节过去后，法庭休庭。比尔他们立即进行总结，纠正和调整他们的辩护手法和思路。

"这一小节走得不错，比我们期待的要好。你的哭，你的突然离场虽然有些意外，但是效果很好。"比尔见识了太多的尔虞我诈，于是他对一切事物永远抱有怀疑。

"你这是什么意思？你是说我演得不错吗？"

"我不是这个意思。你那么一哭，那么一离场，我看见陪审员都看着你，很同情你。"比尔仍然淡淡地说。

"这样下去我们很有希望？"洪妍蒙昧而紧张地问。

"只要他们不叫出一个意外证人，说你杀了你们家的狗炖了吃什么的，我想我们还是有希望的。"严肃是比尔的常态和个性。现在连开玩笑也是这样一脸严肃，人们才知道严肃还是他的天性。

SHAONUMEIGUI

少 女 玫 瑰

第十章

意外证人意外凶手

可没想到检方下午就传唤了一个意外证人——温妮。

比尔随即抗议："这个证人不在证人名单上。"

"因为她是我们刚刚发现的新证据。"艾澜请示法庭允许这个新证人做证。

一张由性感大嘴与大黑墨镜组成的脸从旁听席上站起来，一步一步向证人席走来，猫步的走法。洪妍死死地盯着温妮，眼球快从眼眶里掉下来。洪妍就那样看着自己被出卖，小声呻吟了一句"她来了"，那口径跟叫"狼来了"差不多。

温妮带着看戏的微笑在证人席上坐下，摘下墨镜，眼神闪烁着一种参与和改写历史的激动和犀利。有这么一副眼神必定要出事。她举起手来宣誓所说的全是真实的，她是那么从容和镇定地跟洪妍捉迷藏。

然后她告诉整个法庭："那天晚上我听见洪妍的奔驰车开出去，时间是20点30分，她是23点回来的。她开车出去的声音非常急，像是赶着去做一件很重要的事情。"

艾澜说："但在警方前期对你的问话中，你并没有说到这事。"

"因为洪妍，她给了我50万美元。"

此话一落，法庭一片哗然。我想这就是为什么那天她意味深长地对玫瑰说：孩子你什么都不知道。然后我迅速地观察了一下现场，尤其注意了一下白少明。他呆了。比尔和洪妍交换了一个眼神，那一眼很绝望。

"你是说被告付了你50万美元的封口费？"艾澜把吃惊的表情做得很夸张，装得就像他刚刚获悉这个消息。

经检察官这么一渲染，现场的人开始交头接耳。

"我得很不光彩地承认我收下了这笔钱，这就是为什么洪妍看见我出现在这里很意外的原因。但是我不能为了钱而放走一个杀人凶手，这就是为什么我后来去找你。我晚上可不想被噩梦吓醒。"

"你说得很对。谢谢。"艾澜说完看了被告席一眼，眼神充满邪不压正的骄傲感。

洪妍的行动竟然出现了长达3个小时的盲区，她有足够的时间去作案，把凶器藏好再回家。玫瑰当时在发病，意识不清，完全不知。也可能玫瑰醒来意识到母亲不在，但是选择不说。

由于这个意外，这一节完毕休庭，比尔裹着洪妍一路穿过由闪光灯、相机、摄像机和话筒组成的封锁线，才能到法庭给他们安排的小休息室。100米的路走得太不容易，一路被追问：那几个小时洪妍去了哪里？你们对此的回应是什么？

一进休息室，比尔二话不说，很生气地把公文包往桌子上重重一丢，呵斥怎么回事。比尔知道这里面文章大了。几十年的律师生涯让他知道，那3个小时的盲区往往意味着作恶多端。

洪妍不但没有被人揭露后的窘相，相反她比律师更凶："你们给我冷静下来。我可以解释。"

比尔两个胳膊交叉抱在胸前，一副"看你怎么解释"的架势。

"我是出去，那又怎么样？我并没有去丽莎家。更没有杀人。我的孩子在家里犯病，我的丈夫却不回家。我当时心里太苦了，我觉得自己作为一个母亲和一个妻子都是非常失败的。我既守不住丈夫，也保护不了孩子。我感觉自己快要发疯了。我出去散心不可以吗？"

比尔听完，冷冷地说："说实话，我怀疑你是不是清白的。"

洪妍也冷冷地回应："说实话，我怀疑你是不是只为清白的人辩护。"

比尔的脸上出现一点无赖，认账地笑了笑说："我可以回答你，你的怀疑是正确的。"

洪妍眼对眼地看着比尔，目光把比尔罩住，一字一顿道："而你的怀疑是错误的 —— 我是清白的。"

"你要不要再想想？"比尔婉转而讽刺，眼睛却是锐利的，"我每天都跟罪犯打交道，也就是说我每天都跟职业撒谎者打交道。糊弄我还得演技更好些。"

"你必须相信我！"洪妍咬牙切齿地说。已经咬住的东西，一定要死咬不放。

"怎么相信？"比尔老奸巨猾地笑笑，说，"昨天你说'我哪里也没有去，一直待在家里'。今天你说'我是出去了，但是没去丽莎家'。明天你可能要说'我是去丽莎家，但是我没杀他们'。"

"我真的没去她家，我更没有杀她。我是想过杀人，但不是杀别人，而是自杀。那时我真的是万念俱灰，想一死了之。可一想我死了，我女儿怎么办？我女儿是我活下去的全部理由。"

"那你为什么一开始不说实话呢？"

"因为所有人都会像你们一样怀疑我。我害怕那时候就会更说不清了。"

"现在难道就说得清吗？有人看见你出门了，而你对警方说的是你没有离开家。检方发现你在一件事情上撒谎，那么他们有理由认为你在别的事情上也撒了谎。那个晚上你的女儿在发癫痫，那个晚上丽莎被害，她是你最恨的人，从动机、条件和时间上来讲，你都有最大嫌疑，而你没有不在场的证据。而且事发前3天，你威胁过丽莎：如果你不离开我丈夫，你活不到后悔的那一天。"

"是的，但那是气话，我没有杀他们。"

"可就在你威胁她3天后，她死了，真的没活到后悔的那天。这也太巧了吧？"比尔淡淡地对洪妍说，眼睛里有着鸟一样警觉而尖利的神情。

"就是个巧合。"洪妍自己也觉得太难解释了，只能心慌意乱地说，"我知道我现在看起来很可疑。"

"不是看起来，而是事实上。没有人会相信你的。"比尔亲手办理了很多刑事案件，它不像民事诉讼，不像移民官司，只是利益的得失，它是玩命的。

"我怎么会那么傻？我已经被警告过了，怎么还可能去她家，把她杀在家里，难道我不知道我第一个会被怀疑吗？如果我真的要杀她，难道我不会先给自己找好个天衣无缝的不在场证据吗？"

比尔曾办理过20多宗重案，在过去的10年里，从来没有输过一宗案件。这次他感觉要输了。他几乎是庄重地走到洪妍面前，语重心长地说："真希望检方的交易还在。但是他现在胜算的把握很大，他不一定肯做交易了。如果，我是说如果交易在，我请你再认真地考虑一下：认罪，10年。"

"你也认为是我做的吧？！"洪妍惆怅地盯着比尔，苦苦地问，"不然为什么一再劝我认罪？"

"我们需要审时度势。"比尔也苦口婆心地回应,他为自己的客户担忧。比尔的表情更是百倍的推心置腹,"我认为什么并不重要。重要的是结果,什么对你最有利!"

"你们就是不相信我!"

"我相信。"其实比尔是不太相信,"只是我们现在几乎不可能赢。艾澜的条件更有保证一些。作为你的律师,我有责任告诉你这是一个很难得的公平交易。"

"难得的公平交易?!要一个清白的人认罪然后去坐10年牢,这个也叫公平?!现在我女儿还是个孩子,等我出来的时候,我女儿已经24岁,大学都毕业了,已经像兰溪这么大了。可与此同时她也会认为自己的母亲是个杀人犯。不,不,我绝不能让这种情况发生。"

"可是你要知道:如果我们输了,你女儿会连个妈妈都没有!"比尔的声音有一种威慑力。洪妍去看比尔的脸,他的脸比他的话还要有威慑力。

"即使如此,那我也只能冒这个险。我不能主动认罪。没有做就是没有做,终身监禁就终身监禁。我认了。我的女儿也许不能在她母亲身边长大,再至少她还有相信她母亲无辜的希望。我不能给这个孩子一个幸福的家庭,但是我至少要给她这种希望。"洪妍神情凝重,目光凄楚,一副破釜沉舟的壮士心志。

这时白少明突然闯进来,房间的气氛立刻凝重起来。洪妍准备了看一张狂怒的脸,然而白少明的脸是平静的,嘴角含着一个未去的冷笑痉挛,目光是冰冷的,带着一个遭受背叛的人的正义与倒算。夫妻两人在相互掂量和对峙着,十几年的夫妻情分荡然无存。

"虽然我答应给你做证,可是我从来不能完全说服自己。即便我不是完全不怀疑你，但是我还念在我们夫妻的情分上为你做证。现在看来我的怀疑是正确的。看来真的是你！"他呼吸越来越重，青筋跳跃着。

"你不是看在我们夫妻的情分上，你是看在钱的情分上！"洪妍的语气揭露得很。

"你对警方、对所有人说谎。你为什么撒谎？"

"因为我害怕。"

"你害怕什么？"白少明绝不给她溜过去的机会，让她持续地溃不成军。

"显然是害怕被怀疑。"

"如果你心里没鬼，有什么可怕的？还要收买证人干什么？"

"我现在很后悔。"

"如果没有被揭发，你也许在庆幸吧。"白少明看着洪妍，是看待罪犯的眼神，"到这时候，我们夫妻一场，我能不能有你一句实话。那个晚上你为什么出去？为什么不在家？"

"我为什么要在家？你可以不回家，我为什么要在家？我为什么不可以出门？你整宿整宿不回家，我几个小时不在家就不可以吗？"

"你的回答匪夷所思。女儿癫痫发作，你还出门？你不认为你应该在家里看着她吗？"

"你也知道女儿犯病，做父母的应该在家里守着？那个晚上你又在哪里？"

"那是因为我知道你在家里看着她！没有想到你竟然出去了，为什么？"

"因为她癫痫发作，你作为丈夫和父亲却不回家，你能感觉我心里的苦吗？我伤心至极，痛苦至极，绝望至极。一边是我的女儿得了一种不治之症，一边是我的丈夫在外面另结新欢，另组家庭。我当时感觉自己快要崩溃了。而且当时女儿已经平静下来，没有危险了，只是需要休息恢复。我得出去……"

白少明接着说："你得出去杀了他们？"

"我得出去散心。"洪妍瞪了他一眼，说，"不然我会疯的。"

白少明讥笑："就在你散心的几个小时里丽莎母子被杀了。"

"凶手不是我！白少明，以你对我洪妍的了解，我会那么笨吗？难道我不知道如果丽莎他们死了，第一个就会怀疑我吗？我真要杀他们，我不会把事情圆得漂亮些吗？我会让自己就这么暴露无遗？！"

"那几个小时你都去哪儿散心了？！有没有人看到你？有没有证人？"白少明穷追猛打。

洪妍不回答，上牙死死咬着下唇，她要这样咬紧牙关，像是她一松口，一个大秘密就会滋出来。

洪妍这样死咬，白少明就死追问："你去了哪里？你说你去哪里了？说啊，你说！说不出来就说明你有鬼！"

洪妍再也扛不住了，情绪一阵阵波澜着，张口就吐出："你真的想知道吗？好，我告诉你。我也有人。我去找他了。"

她这话一出，所有人又是一片惊奇，所有人的想法是：这个家庭的事情还能更奇怪些吗？

"什么？"白少明再次失色，从一个吃惊到另一个吃惊，他穷凶极恶地问，像是讨个证实，"你也有情人？！"

"对，我也有情人。我还就告诉你了，我有情人也不是一天两天的事情了。从我发现你乱搞的那天起，我就在外面找了。对你的最好的报复就是以牙还牙，以眼还眼。现在你满意了吧？"

所有人都看见白少明感情上再次受到致命打击，白少明冷笑，也苦笑。总之白少明脸上的古怪表情，在众人看来有那么些狰狞。

　　"你原来是贼喊捉贼。"白少明看着洪妍，是那种把人的各种德行看透的眼神，"如果你不是凶手，那么凶手是谁？"

　　"谁知道？说不定是你呢？！"

　　"你疯了吧你！我在公司和一伙人开会，再说我怎么可能杀自己的孩子？！"

　　"就是你！是你把好好的一个家给毁了。你才是罪魁祸首！你是一切的祸源！"

　　"现在好了，人死了，公司没人管了，玫瑰又犯病了，什么都完了，你终于甘心了吧，没有什么可闹了的吧。这就是你想要的吗？你就是要这种人财两空、家破人亡的局面吗！？"

　　两个人的脸色都暗下去，心脏跳得很吃力，血液在他们体内费劲地流淌。他们都在忍受对方，否则场面就会失控。

　　"你竟然在法庭上说你们很相爱，到了这个时候你还拿着刀子往我身上捅，你有没有想过我的感觉？"洪妍为蜷伏的自尊两眼噙满了泪，洪妍越说越激动，越说越愤恨，"白少明，你不是人！"

　　白少明叹了口气，按捺住自己的勃然大怒："你还是自求多福吧。再说无期徒刑也算公道的了，要知道这种案子在中国你早被枪毙了，还容你在这胡说八道。"

　　洪妍一阵冷笑，她被自己的冷笑弄得寒噤不已，道："白少明，你知道什么是我们之间最真实的一幕吗？就是现在。就是我们谁也救不了谁，谁也不想救谁。"

　　这对夫妻这样对峙着，他们明白了一个道理：原来对方才是自己最大的敌人。长久以来彼此的厮杀与搏斗，只是为了他们之间那点真假难辨的夫妻名分，其实他们连路人都不如。

白少明一离开，比尔就说："快把你的情人找来！"

洪妍和白少明在众目睽睽下的博弈在他那里就像没发生，或者像只是一个陌生人进来问个路，根本不重要，不足挂齿。比尔只关心案件，一种职业的残酷的冷静。

"怎么你不早说？！"

"因为，因为他也是个有妇之夫，而且比我小十几二十岁。这种故事讲出来好吗？别人会怎么看我们这个家庭？我女儿会怎么看她的父母？更重要的是我爱这个男人，我要保护他！"

"现在是保护他重要还是保命重要？"

"除了他出庭就没有别的方法吗？我不能把他卷进来。"

"没有别的方法。他是你的救命稻草！"比尔郑重其事地回答。

洪妍想了想，认真地想了想，点了点头，同意拨打情人电话，拨了一半，突然停了下来，像是突然意识到了什么，她断在那里。

接下来的一天，洪妍愈发显得异常烦躁也异常沉默。她在会议室里来回踱步，走到一个死角又返回来，再向反方向踱去，又是一个死角。一点出路都没有的样子。

"如果我被释放了，下一步会怎么样？"洪妍问比尔。

"那就意味着这桩审理必须重新开始，继续追查杀手。"

"一直查下去吗？"

"应该是，如果他们足够负责任的话。"

"他们那个10年的交易还在吗？"洪妍突然回过头来，"我应该接受他们的交易。10年，是吧？"

比尔皱着眉："怎么了？"

"我决定接受这个条件。"

比尔盯着洪妍，请赐教的眼神。她不是死不承认吗？这是怎么了？完全没有门路时，她说不是她杀的人；现在有可能出现转机，她却偏偏承认。一定有什么事情，他苦在猜不透它，只能向她求教。

"你不是有情人吗？找他来。只要证实你和你的情人在一起就能洗清你。我们是很有希望的。"

"我累了。我真的累了。我想结束这一切了。如果你让我还能拿到10年的交易，我会感谢你的，而且我会额外多付你一笔钱。"

比尔笑了，或者哭了，比尔笑起来就跟哭似的。比尔就用这张哭笑不得的表情讲了一个哭笑不得的故事，"你没听过这个笑话吗？一个犯罪嫌疑人对他的律师说如果你只让我在监狱里待上6个月，我会额外多付给你一万块钱。终于他如愿以偿，律师一边收钱，一边对他说：确实有点难，陪审团本来是让你无罪释放的。这个笑话就是在说你，你是可以无罪释放的。找你的情人来！"

洪妍突然脸色一变宣布："不，我没有情人。我那么说只是为了气我老公。"

比尔不吃惊的脸也吃了一惊。

"人是我杀的，我伏法认罪！"

"你会后悔这个决定的。"

洪妍冷静地说："不会，但如果我不做这个决定 —— 我会后悔的。"

我们都在想只有两种可能：一、真没有情人，她骗了人。二、有情人，但为了极特殊的原因，比如保护情人，或者更秘密的原因，她宁可牺牲自己。总之事情蹊跷，总之这个家庭的每一个人都复杂多面，现在就连这个家庭中最纯洁简单的一个人——玫瑰也复杂可疑起来。

就在这时沉默良久的玫瑰突然抬起头，她已是泪流满面，悲凄凄地呼唤了一声"妈妈——"。我定睛看了眼玫瑰，这个一直默默无声地陪伴妈妈全程的少女，她是大人高谈阔论、争吵对骂中的一个无声。她这时的一声"妈妈"是那么清晰刺耳。

"妈妈，我……"

这时洪妍厉声打断她，喝道："玫瑰，你还没吃药吧？现在立刻回家休息去。听话。"

玫瑰走了。洪妍最后用劲儿地看了她一眼，既深情又意味深长，就像母兽为犊子壮烈地挡了一箭。

这对母女之间存在着什么样的创伤或者秘密？玫瑰走后，洪妍就再也不说一句话了，目光远远地盯着一处，仿佛判决已经开始在她身上执行，她不得不认命的样子。

一团疑雾笼罩着。人们苦于看不透它。

SHAONUMEIGUI

少 女 玫 瑰

第十一章

被蛀坏的玫瑰花蕾

两天之后，艾澜检察官突然出现在我的办公室。艾澜穿着一件雪白的衬衣，外面是一套黑西服，黑白分明得让人印象深刻，打着一条深蓝色的领带。显然他是刚刚从法庭出来就来我这里。一见面他就告诉我洪妍的案子正式流产了。

　　"怎么回事？"我问。

　　艾澜看了我一眼："对检察官而言，真的有点难以启齿。"

　　"你们找到别的凶手了？"我立刻猜到。

　　"可以这么说。"

　　"不是洪妍，那是谁？"

　　艾澜又看了我一眼，像是想看看我对他将要讲的话是不是能挺住，然后尽量不刺激我，尽可能淡化情绪，不让我当场昏倒，他缓和地说："是他们的女儿玫瑰。我刚刚从警方那里得到最新的消息——警方已经正式扣留了她。"

　　"什么？"这个貌似胆怯、礼数周全的少女竟然结束了两条人命？！我确实有点没挺住。嘴唇张着，坍塌地立在那里，眼神里只剩下百分之五的神志了。

　　艾澜点点头，回答我的疑问，也是回答自己的疑惑："我知道，非常不可思议。有时候当人越是有罪的时候，看起来越无辜。"

　　"可是她当时正在犯病。"

"她的说法是她醒来，发现爸爸妈妈都不在，她感觉非常害怕，非常恐惧，就跑到丽莎家把人给杀了。"

"她是这么说的？！她感觉很害怕就跑到丽莎家把人杀了？两条人命听起来像她感觉饿了，就把冰箱里的剩饭给吃了。"

"是很奇怪，由于语言障碍，无法与她直接交流，翻译后的结果就是这样。"

"她是怎么去的？"

"别忘了，事发三天前，洪妍曾经带她去过丽莎家里闹事，所以她知道丽莎家在哪里，就自己坐公共汽车去了。"

"跟公共汽车公司和司机都核实了？"

"是的。那是个晚上，她又坐在最后一排，司机并没有注意到她，所以司机没有什么印象。可是玫瑰却能描绘出司机的体貌体征，什么司机是个黑人，留着胡子，体重两百五十磅。如果她没上那班车，她不可能知道这些。"

"你们确定没有抓错人吗？一个14岁的亚洲小女孩怎么可能用刀捅死一个24岁的白种成年女子？"

"因为被害人是抱着孩子去开门的，完全没有防备能力，即便是比玫瑰更小的孩子也有可能得手。福尔摩斯曾经说过一句很著名的话：当其他的不可能性都被排除，那么剩下的那一个，不论它是什么，也不论它的可能性有多低，那都一定是真相。玫瑰已经交代了一切，每一个细节都吻合，时间、地点、经过，环环相扣。她哪儿能知道这些细节？别忘了，她不懂英语。这些东西她是不可能知道的，除非她是当事人。她当晚就把作案时溅到血的衣服销毁了，所以我们已经无法化验血衣，但是她交代了凶器。她把凶器埋在了她的玫瑰园里。警方果然在那里找到那把失踪的凶器，与被害人的伤口完全吻合。是她。"

"她什么都承认了？"我脸上的惊愕还没有退去。

"是的。之前没有承认是因为不能说，有人不让她说。"

"有人不让她说？谁？"

"她不肯说。所以我们需要你的帮助。她现在谁也不见，不想见律师，甚至不想跟她妈妈见面，就是想见你。我来就是通知你这个的。"

"我仍然觉得不可思议。这是为什么呀？"我惊魂未定地盯着艾澜，我听见自己响亮地吞咽口水的声音，一口接着一口。

"两亿美金的家产可以是个不错的回答。"艾澜答，"想一下，丽莎母子除了危害到洪妍的利益，还危害到了谁？"

"谁？玫瑰？"我说。

"是的，这个14岁的孩子长大了会有一个同父异母的弟弟来分割这两亿家产。"他像鹰般锐利的眼睛盯着我说。

"难怪洪妍突然认罪了。"我说。洪妍突然认罪，因为她早一步意识到是她的孩子做的这一切。母亲只有为了孩子才会不顾及自己的性命。我想：母爱真是伟大。

"当然现在整个案件的性质就全变了。未成年人犯罪在司法量刑上是非常不同的。玫瑰正好处在14岁，这是一个年龄界限。"

"也就是说玫瑰不可能被判得很重。肯定不可能像成年人那么重。"

"花蕾还没有开放，就已经被蛀坏了。"艾澜感叹。

"你这句话说得真好。"我感叹道。

"不是我说的，这是莎士比亚说的。"

我更感叹了，真难为他了，整天陷在血淋淋的命案中，还不忘看莎翁的作品。

我一直觉得这个少女忧郁内向，藏着很深的心事，我什么都猜测到了，就是没猜到少女藏着一笔血债。她那纯洁天真的脸盘儿里，怎么可能藏着一个无情残暴的凶手？

艾澜刚走，洪妍后脚就来了。洪妍两眼惺忪，头发凌乱，毫无弹性和光泽的头发从额角披下。洪妍上来就抓住我的手："怎么办？现在应该怎么办？应该怎么办？我已经发疯了。"洪妍自己被捕时也不曾这么慌乱过，这时已经完全没了分寸。

"你突然认罪是不是因为知道是玫瑰干的？"

洪妍看着我，过了一会儿她点了点头，相当垂死地点点头。

"所以你想替玫瑰受过？可是你为她的罪行受过并不能解决问题。"

"我受过，不是因为别的，而是因为我有过错。她是在一个不快乐的家庭里长大的，如果真是她做的，那么也是我作为家长的行为导致了这个结果。无论如何我对此负有绝对的责任。"

我感叹甚至有点敬畏地看了这位母亲一眼。

"那个晚上我真的不应该出门，不应该去找我情人。我应该知道我女儿需要我。每次她癫痫发作后一睁眼就能看见我和她爸爸。她的目光总是那么柔柔、软软的，像小手似的跟我们打招呼。我女儿就是这么一个孩子，从来不向我们要求什么，从来不给我们添麻烦。她只是希望我们能多陪陪她。她总是那么知足，那么懂事。她是一个懂事得让大人为她心疼的孩子。说起这些，我真是觉得很对不起我女儿。"

我被面前的这位母亲讲到"我女儿"时的沉重母爱感动了。

"告诉我你需要我做些什么？"

"玫瑰已经被抓了，可是她拒绝与任何人沟通，她说要见你。玫瑰说过你对她好，她很幸运能有你这么一位朋友。过去是，现在更是。玫瑰现在需要你。请去看一看她吧。"

虽然因为工作的关系我也见到一些少年犯，暴力少年和问题少年，也算是阅少男少女无数，但当玫瑰精致的小脸出现时，我还是打了个冷颤。就是因为想不到。一个弱不禁风、胆怯谦卑的14岁少女怎么可能杀人？而且是结束了两条人命？她果真残忍地杀了人，我就不可能再像以前那样对她了。我觉得玫瑰像镜中花，多半时间人们只是看到了她的表象，就在你以为读懂她的时候，突然间她亮出底牌，让人跌破眼镜，让人怀疑她其实是另一回事。

玫瑰在那张坐过重大的刑事案犯的椅子上坐了下来。她低着头，不敢看我的眼睛，像是害怕看到我对她新面目的反应。我再怎么掩饰，眼睛也会有"原来是你啊"这样的眼神。

这张粗重的椅子上曾经坐过杀人犯、强奸犯、毒犯，他们都一边用那双什么都干得出的手狠狠地掐着椅子扶手，一边恶狠狠地对律师说"我什么都没干"。现在这把椅子的扶手上又添加了几道指甲划痕，是玫瑰窘迫不安的手留下的。只是她没有像别的犯人那样歇斯底里地说自己什么都没干，相反她什么都承认了。

"这就是你一直说你妈妈没有杀人的真正原因？因为是你干的。"

玫瑰不语，两只脚开始外翻。

"你记得我第一次见到你时我问你身上的瘀青是怎么回事？我问你有没有不能说的秘密。现在我想我知道答案了。你身上的多处瘀伤是不是和丽莎搏杀时造成的？"

玫瑰还是不语，只是歪着两只脚。

"告诉我到底是怎么回事？"我加重了询问的语气，"玫瑰，我想帮你，可是你这种态度我帮不到你。"

玫瑰仍然不语。

"玫瑰，现在看起来是这样的：你没有在现场留下指纹，血衣你烧毁了，作案凶器你也藏得那么好。这一切都像是有预谋的。有预谋的犯罪会被判得很重，即便对一个未成年人。"

玫瑰只是将眼睛避开这些吓唬，她的眉心一皱，眼睛缓缓地、迟钝地一眨。我的目光也由于玫瑰的迟钝温顺下来，不再那么咄咄逼人。低声问："到底怎么回事？"

玫瑰仍然不说，我不再逼问，只是拿眼睛追究着她，希望她说出真相。玫瑰开始哭，我越问，她越是摇头，缓缓地摇。说什么啊，一切都晚了。

突然玫瑰抬起头问："我爸爸也知道了？"

"是的，大家都知道了。"

"那……那我以后怎么面对我爸爸啊？"

"我得说现在的情况是挺糟的。你不愿意面对的还有很多，很多。告诉我发生了什么？"

玫瑰一边哭，一边摇头。我的模样在玫瑰的泪水中开始模糊，我的声音也在玫瑰的摇头中浑浊不清。我还在拼命地追问：你是怎么去的？你是怎么杀的？你当时在想些什么？玫瑰只是这样木木地、恍惚地摇头。玫瑰的眼珠子逐渐空白，不再聚焦，一边摇头，一边哭诉："我害怕。我害怕。我必须这样做。"

"什么叫你必须这样做？"

"不然我和妈妈的性命就有危险了。"玫瑰很低沉地说。

光听玫瑰这话是不够的，还得看她的脸。我看见她的两只大眼睛里满是恐惧："她会杀了我们的。"

"谁要杀你们？"

"丽莎。他们会害我们的。自从有了他们，爸爸……他就不要我们这个家了。我……必须那么做，我必须保护我和妈妈。"

"保护你自己和妈妈？"

"我醒来，爸爸不在，妈妈也不在家里。我一个人……在家里很害怕。那是一个很大很大的房子，只有我一个人在家里，我很害怕。大祸临头，我……必须那样做。"玫瑰一脸的恐惧，像是末日来了，"我也不知道怎么回事，我就到了丽莎家，然后就……兰姐姐，这一切都不是我愿意的。你要相信我。我不是个坏孩子！"

玫瑰不解释还好，她现在说完我是彻底糊涂了。本来还有的百分之五的理智听没了。我需要想一想她的话，消化、理解。在这之前，我只能就事论事，就案件说事。

"你正好处在14岁这个法律年龄分界线，你的案子可能在少年法庭进行，也可能在成年法庭，这个取决于法庭对你的案件的定性。如果他们认为你的案件非常非常严重恶劣，即使是未成年人也可能在成年人法庭开审。这个叫恶意补足年龄原则。在美国成年人法庭程序是这样的：先是arraignment，中文叫提讯，由检方提起公诉。这之后是preliminary hearing，就是预审。预审完了，才是正式审理，由陪审团来裁定嫌犯有罪无罪。无罪，当庭释放；有罪，由法官量刑判决。当然如果你幸运的话，你的案件也可能在未成年法庭开审。那样的话，程序会简单很多，判刑也会轻很多。你的父母与律师现在都在争取你的案件能在未成年法庭开审。"

玫瑰一脸迷惘地瞪着我，如同鸡听鸭讲，这一串的法律语言怎么就像另一种动物语言，她努力要听懂却怎么也听不懂。但是我必须跟她讲这些，她应该对将要发生的好的、坏的都有所准备。

我的语气更缓和了一些："因为你还是一个孩子，他们允许你保释回家。你得感谢你有这么有钱的父母，可以付得起200万美元的保释金。这几个月我尽看到你们家因为钱带来的麻烦，现在我也终于看到钱带来的好处了。"

玫瑰摇头，惊慌地说："不，我不……不回家。"

"为什么？"

"爸爸，我怕，怕他。"

"你不知道怎么面对爸爸吗？"

玫瑰仍然一直摇头："爸爸他……他不会原谅我的。"

我还在犹豫怎么回答这个问题，玫瑰突然问："我可以住到你家吗？"她向我仰起脸，用小动物乞怜的目光看着我。

这个表情，这个眼神是我熟悉的，我这才真正地认出她，那个原来的少女玫瑰。我说："不是我不想，而是不可以。这个不合规定。我们福利中心有规定与制度。"

"兰姐姐，我实在是无家可归啊。"她的眼泪在眼眶里转来转去，哀伤得很。

那双受伤的小鹿的眼神让我看到14岁的我，也是这般无助与可怜。如果不是金叔叔一家，也许我也就像玫瑰此刻这样无家可归。我感到自己是这个孩子唯一可以求救的人。玫瑰对我如此信赖，我不能不点头，说我会想办法的。

玫瑰非常感激地看了我一眼，可怜兮兮地讨好："谢谢！我不会给你添麻烦。我会做家务。"

玫瑰此刻的乖巧与她的杀人犯形象怎么也联系不上。一种脆弱和可怜，就是受害者身上的那种，使她的形象再次瞬间产生了魅惑——她真的是凶手吗？这一切是怎么回事？事情的真相是什么？

SHAONUMEIGUI

少 女 玫 瑰

第十二章

玫瑰的秘密世界

我向福利中心打了报告，说规定是死的，是虚的，人是活的，是实的。自己是玫瑰唯一信任的人，而且是唯一能帮到她的人。然后我就把这么一个乖乖的双尸命案凶手带回自己家，我叫玫瑰先洗个澡，早点睡觉。然后简单地交代了玫瑰几句，什么浴巾在哪里，拖鞋在哪里，玫瑰很听话地顺从我的安排，进了浴室。

　　玫瑰出来后，我看见洁白的马桶盖上有几滴鲜红的血迹，是玫瑰留下的，玫瑰已经到了会留下这种记号的年纪。只是这种记号突然如此公然地出现在我面前，那种玫瑰色的血红让我感觉到有点血腥。

　　有洁癖的我想立刻叫玫瑰进来把这里清洗干净，对她说"大姑娘了要注意"，可想了想，没说，自己到厨房取了清洁剂，再回到洗手间时，玫瑰已经在那里用纸巾抹了。玫瑰的手很认真，有种奇怪的认真，这种认真透着狠劲，还有一种"凶残"。我不知道自己怎么会用"凶残"这个词来形容，可我认为此刻的形容是非常准确的。突然我对这个14岁的少女畏缩了一下。

　　玫瑰睡下后，我开车去了白家。在白府门口叫了半天的门，无人应答。见后花园有灯，我就去了后花园，远远就听见玫瑰父母的对话，听不清他们在说什么，但能听出他们的剑拔弩张。

　　这个后花园，再也不是第一次来时看到的人间仙境，而是一片的败落。这里已经被警方搜查过，挖地凿坑确实搜出了一把尖利的铲刀，是花圃种植工具，与死者的伤口吻合。警方已经确认它就是作案凶器。搜查完毕后花园就成了这样。满院子东倒西歪的玫瑰枝叶，败落萧条的叶子耷拉着。玫瑰花儿倒还开着，却是一副野花的样子，横里竖里地牵扯着。它们没了照顾，只能无心绪地开着。玫瑰花开成这副样子，就不是玫瑰了。我体会着那种凋败之中的忧凄之情：凋谢的花儿不会重开，发生的悲剧也无法抹去。

这里没有了玫瑰园，就只是一座恶俗的豪宅。荒凉的玫瑰园在夜色中露出几分凶险。玫瑰的父母就在凶险的玫瑰丛中进行着他们凶险的争吵。

白少明压着嗓门像是压着家丑，问："难怪她一再说妈妈没有杀人。因为是她杀的。这到底是怎么回事？她这是怎么了？我们都作了什么孽呀？"

洪妍被这个问题的冷笑弄得身子发抖，意思是你还好意思问？

"作了什么孽？就在玫瑰来美国的那一个晚上，你把一个野女人带回我们的家，在你未成年的女儿面前鬼混。让她看见你最无耻的一面。你说你是作了什么孽？"

"那是你精心安排的捉奸，你提早把日程改了。是你故意让她撞上这一幕的。"

"你的无耻倒成了我的不是？你可真绝啊！"洪妍冷笑变成了狞笑。

洪妍说得正激动，白少明厌恶地制止道："我无耻，你呢？你就清白？你动不动就把我和丽莎的事情拿出来讲，就像你有把柄似的。我一直也觉得有愧于你。搞了半天你不也在外面乱搞吗？你一边做贼一边叫捉贼，一边要立贞洁牌坊一边做……"

白少明嘴里有个词等在那里，他的表情和嘴形都已就位，就差发音。市井骂人的词汇。洪妍沉默地看了他一眼，那一眼让白少明及时让它胎死口中，克制自己再往下说那更难听的，换了个话题："现在不是追究你我的事情的时候，我们要想办法，必须给她找最好的律师。"

　　"我们？"洪妍玩味地重复着这个词，冷笑，"没有我们，只有我和我女儿。就是因为你以前不管她，现在只能落到给她找一个好律师的地步。"

　　"她也是我的孩子。"白少明说，"我记得玫瑰出生的那天。那天正好是玫瑰一号培育成功的日子。那一天我高兴极了……"

　　洪妍冷冰冰地打断他："她只记得你离开的那天。"话外音是：扯平了。

　　白少明看了她一眼。

　　洪妍又说："她在中国时你不经常回国看她，后来她来美国了，你又经常不回家，你抛弃了她，离开了这个家。没有尽到一个父亲的职责。"

　　"我是离开了你。我只是没有尽到一个丈夫的职责。我是她的父亲。"

　　"谢谢你还知道你是她的父亲。我以为对你来说，父亲也像董事长一样是个头衔，想做就做，想辞就辞。"

　　我叫了他们，把他们从争吵中打断。洪妍扭头看见我，立刻问："怎么样？玫瑰怎么没跟你回来？"

　　"她害怕，不敢回家，心理负担很重。"我看了一眼白少明，眼神颇有意味地暗示着。那眼神比任何话都管用。

　　"那她杀人的时候怎么不害怕？"白少明说。

　　洪妍又是恳求又是遏止地喝道："白少明，算我求你了，你少说一句没人当你是哑巴。"

"我又没说不让她回来。是她自己不回来。"白少明无奈地看着妻子和我，捏着嗓子问我们："你到底要我怎么样？这次我又做错了什么？"

"你没有做错什么，因为你什么都没有做。"洪妍冷冷地来了一句。

白少明捏着更细的嗓子问："你们到底要我怎么做？我爱我女儿，可她杀了丽莎母子。我也知道她现在需要我，我不知道怎么办！"

白少明这么一问，我主持公道的情绪被挑起来了。我说："我知道现在可能是最难的时候，但是我希望你是一个父亲的样子。"

"我，我可以请你帮一个忙吗？让玫瑰先住在你家。"洪妍匆匆为玫瑰准备行李，玫瑰的睡衣和她的小收音机，还有一堆的药。

我想现在只能是这样了，我那时没有想到自己将会被卷入怎样更大的旋涡中去。

等我再从白府回到自己公寓时已经是晚上10点，公寓里黑黑的，只有玫瑰的房间透出一方光亮，房门没有关，我放轻声音走近她的房间，看见玫瑰一副有躯壳没灵魂的样子，在地上来回徘徊，嘴唇微微颤动，牙床不断咬噬，口中喃喃自语。

"玫瑰，你怎么了？"我轻轻敲了敲房门，"你为什么不睡觉？"

"睡不着。你见到我爸爸妈妈了吗？"

"是的。"

"他们说什么了？"

"他们说你要听话，听我的话。"

"我爸爸没有说要接我回家吗？"

"当然。他说你想回家就回家，想住在我这里就住在我这里。"

玫瑰抿了下嘴，意思是我在自欺欺人。她说："你骗我。如果爸爸这么说，你手上就不会有我的睡衣和小收音机了。"

她接过我手上的小包，一边说一边慢慢地换上她的包头包脚的兔子睡衣，没有这身衣服就不能入睡一样。她倒真不像个富家女，除了她的睡衣和旧收音机，她什么都不要求，什么都不与这个世界计较。

"住在我这里不好吗？你不是想住在我这里吗？"

"想，可我也想回家。如果我妈妈在，她会给我唱歌。你能不能也给我唱支歌呢？"

"我不会唱歌。"

"你会的。你以前还是合唱团的。"

"你怎么知道？"我愕然地说。我很少跟人提起我唱歌的过去，那是一个伤痛，与我父母去世有关。

玫瑰看了我一眼，说："你自己说的。"

"我说过吗？哦，我不记得了。"我想我可能无意中提起，自己却不记得了。我说："那是很久以前的事情。早不能唱了。"

"唱一个吧，唱一个吧。"

"唱什么呢？"

"就唱《鲁冰花》。"

我心里又一惊，怎么是这首？14岁那个晚上就是在学校汇演这首歌时，父母出车祸。那以后我就哑了。我不知道自己还能不能唱。

试试吧，我唱："夜夜想起妈妈的话，闪闪的泪光鲁冰花，天上的星星不说话，地上的娃娃想妈妈。"

这首带有很多我个人情感的歌让玫瑰入睡了，而我潸然泪下。为当年14岁的我，也为现在14岁的玫瑰。梦里世界已是她最后的伊甸园了，醒来要面对的世界谁又知道有多少风雨？我望着她，这个还需要听童谣睡觉的小女孩为什么觉得她必须去杀人？这里面有什么不为人知的秘密？

我的疑问在凌晨再次被证实。大概一点时，玫瑰房间再次发出说话声，像是玫瑰在与谁攀谈。我是个浅睡的人，这么晚了，她在和谁说话吗？我轻声走进去，只见玫瑰一副自我陶醉的样子，像是刚刚与热恋中的人分享过什么知心话，一时还拔不出来。嘴唇微微颤动，喃喃自语，手上抱着她的小收音机。

"玫瑰，你没事吧？"

玫瑰突然扭过脸来，从自己的世界里拔起来："我没事。我要睡觉了。"她躺下前突然冲我龇出空洞洞的一个笑，让我有点惊恐，莫明其妙的惊恐。我想起自己第一次去白府就是看见玫瑰这样，那时我还只当玫瑰被家里的谋杀惨案吓住了。我还想起刘妈提及玫瑰会一个人发呆，好像跟什么人说话。刘妈提及时，我并没过分留意，现在看起来，事情有点严重。她刚才到底跟谁通话？她有什么秘密世界吗？

明天一定要问问她。

SHAONUMEIGUI

少 女 玫 瑰

第十三章

被灌醉的小兔子

第二天我起床大约是8点，出了卧室，就发现整个公寓被收拾得井井有条。我明白玫瑰这样是在为自己争取一份在这里的寄宿日子，就像我当年在金叔叔家一样。想想这孩子也真可怜，为了有个栖身之地，含着金勺子出生的她现在努力学习拖地、做饭。

　　玫瑰看见我，很讨好地笑笑："早饭马上就好。"

　　然后玫瑰从厨房端出了一盘煎荷包蛋，蛋有点煳。玫瑰不好意思地一笑，这种体己的笑经常能在孩子脸上看到，当孩子企图把事情做好，可还是做糟了的时候常这么笑。

　　我觉得应该在精神上给玫瑰一点支持，夸张地吸了一口："真香啊，我得把水缸打开看看田螺姑娘还在不在？"

　　玫瑰一副很受用的样子，心满意足又有点不好意思地笑，微微缩着脖子说："谢谢。"

　　"谢谢英语怎么说？"

　　玫瑰看着我怯生生地说："三Q。"

　　"不是三Q，是thank you。"

　　"蛋Q。"玫瑰又模仿了一遍。

　　"看我的发音，把舌头放在上下牙齿之间，这样。"我把动作做得很大，牙齿、舌头、嘴型处处到位，"thank you。"

　　玫瑰盯着我的嘴型，像一个很笨却很勤奋的学生，用力到几乎是咬牙切齿地说："thank you。"发出来的音像吃多了安眠药的呆子说话。

我一点不笑话，总给玫瑰及时、夸张的表扬和鼓励："嗯，好多了。"

玫瑰就那么一笑，淡淡的，害羞的，既照顾到别人的情绪，也体谅自己的心情。

我想有这么一种笑容的孩子，她身上发生的一切都不应该发生。

"兰姐姐，你是怎么成为社工的？"

"因为我学的是儿童少年心理学。"

"为什么学这个？"

"医学院最好的学生去了心脏科和脑科，次等的学了牙科；同样心理学也是这样，最好的学生去了精神科，不太好的学生，像我这样的，就去研究儿童少年心理学。"我说。其实真正的原因是我想明白未成年人在受到心理和生理创伤后如何复元，如何自我完善的奥秘。像我自己，像玫瑰，像我在福利院接触的孩子们都是样本。

玫瑰笑了，那么小的一点笑，吝啬地露出几颗晶莹剔透的牙齿，立刻用她的兰花指去捂嘴巴。显然龇牙咧嘴地笑在她那里是没有礼貌的表现。

"你笑起来的样子真漂亮。可是很少见你笑，是不是好几天没刷牙了？"

玫瑰又笑了一下，比刚才的那个笑大了些，露出更多的牙齿，并且没有捂嘴。她又问："你喜欢吗？"

"喜欢。孩子们都很可爱单纯，透明像玻璃，跟孩子打交道很简单。即便是问题少年，也只是有问题的少年。每个孩子都是上帝牵着手送到人间的。"我们成年人理所当然地认为孩子们单纯善良，不然我们怎么能再相信人性？

玫瑰听了我这话，不说话，只是安静地看着我。很久以后想起来，她当时心里一定五味杂陈。

我又说："而且我喜欢帮助孩子。像你这么大的时候我的爸爸妈妈就离开了我，可是我很幸运一直有很多人帮助我，像我的养父母一家。所以我一直希望长大了也能帮助社会，帮助孩子。"

"社工就是帮助那些有问题的孩子？那我跟你帮助的另外那些孩子最大的区别是什么？"

"你比他们安静。"其实我想说你的案子比他们严重，你比他们有钱得太多。一般来说有钱人家的孩子根本轮不到社工来负责。

"我只是嘴笨。"

"玫瑰，那你长大了想干什么？"

"当演员。"玫瑰完全不假思索地回答我。

我问过许多孩子长大想做什么，他们也许都想过这个问题，只是不愿意以答卷的方式回应大人，真的被诘问到，他们就一脸消极困惑地含糊其词：我也不知道，可能这个吧，也可能那个吧。玫瑰的回答果决而坚定。想当演员不奇怪，现在的孩子很多都想当演员，只是我想到玫瑰的房间里一张明星的照片也没看到，以为这样的孩子脱了俗，看来仍然逃不了俗。

我点头笑道："当演员好啊！当演员赚钱多啊。"

"为什么演员赚那么多钱？只是因为他们会演戏！"

此言之精辟我需要用一生来体会和领悟！

"可你要在美国做演员，可要学好英语呀。英语不行，怎么演戏啊？"

"那我就演不会说英语的戏呗。"

"会一门外语还是有用的。比如我吧，我能成为你的社工其实很大的原因就是因为我会中文。我来给你讲个故事吧。以前有几只老鼠去偷食，突然听见猫叫，老鼠们吓坏了，都往回跑。这时一只大点的老鼠说，别怕，看我的。然后它冲着猫学了几句狗叫：汪、汪、汪，果然把这猫给吓跑了。这只老鼠回头得意地对另外几只老鼠说：'会几句外语还是有用的。'"

玫瑰笑，说："我很高兴有你做我的朋友，你一直在帮我。我希望有一天也能帮你。你有什么心愿吗？"

"我希望能中六合彩。"

"我是认真的。"

"我也是呀。"

气氛如此温馨，其乐融融。我都不忍心来破坏它。我看着她，拿着刀叉，拿起又放下，放下又拿起。欲说还休。

"怎么了？"玫瑰看出我的表现奇怪。

终于我壮了胆，问玫瑰："你昨天晚上在跟谁说话？"

玫瑰的目光挣脱我的目光，语气有所闪烁："没有呀。"

"是这个样子的：你跟谁打电话都没有关系的，我只是需要知道你在和谁说话，这样我比较放心。你和谁打电话我都不会反对的。你在我家里做什么都可以，你看电视，玩游戏机，什么都可以，但是我需要知道你的行动。"

"她叫月季。"玫瑰想了想宣布了这个名字。

"花吗？"

"不是，是人。"

"你还有朋友啊？"我问。因为这个孩子每天都待在家里，除了父母和保姆，她几乎没有社交圈子。

"她是我的好朋友。"

"那太好了，我很高兴你有好朋友。"

"我也很高兴有她做我的好朋友。每次和她通话，我就像被灌醉的小兔子一样。"

"被灌醉的小兔子？"我重复了一遍。玫瑰这个别开生面的比喻是会让人记住的，而且这个比喻以后也多次出现。

"是的，就是昏昏的。她很会说话，不像我嘴笨。我经常被她说得昏昏的。"

"这么厉害？我也很想认识她。哪天叫她来玩玩吧。"

玫瑰心事重重地看我一眼，又低头看地，再看我一眼，然后担忧地说："她不喜欢见陌生人。"

我事后反复想起她的这副表情，心里的问号更大了。

"玫瑰是怎么认识她的？在学校里认识的吗？"

玫瑰摇摇头，玫瑰过于黑白分明的眼睛里是白痴一样的单纯。这种目光让我心中的疑惑更深了，可我没追问下去，怕玫瑰在这里住得不自在。

到了办公室我仍然一直在想玫瑰。玫瑰那双单纯之极同时莫测之极的眼睛又出现在脑海里，这是一种早熟还是晚熟的表现？这个14岁的少女到底都在想什么？我对此并无把握。

我念着档案上关于玫瑰对事件的记录，"我必须这样……我害怕……我必须这样……"我想为什么她会觉得她必须杀人呢？玫瑰啊，我怎么才能明白你啊？

我满腹心事，"叮叮叮"，电话声将我从很深的心事中惊了出来。是艾澜打电话通知我玫瑰的案件已经决定在少年法庭开审，这是对玫瑰极为有利的消息。我把这个结果告诉玫瑰。玫瑰只是"哦"了一声，这些对她生死攸关的决定，她持事不关己的态度。除了美国的司法制度让这个不懂英语的中国少女很陌生，她还有一点淡淡的认命，任人宰割的意思。越是这样，我越是不能让她任人宰割，可我又不知道从哪里帮起。

玫瑰此后就在我家住了下来。从不麻烦我，比如我要拖地，玫瑰就会一直退，不妨碍我拖地，最后就把自己当作包袱搁置到沙发上。玫瑰像是很感谢她能暂时有个栖身之地。为了感谢，她也不是白住的，她力所能及地做些家务，比如帮我收拾房间，帮我取信。她的乖巧使她跟同龄孩子有种不同的气质，乖得让我不放心。玫瑰每天都在家里，我也不知道她整天待在家里干什么。闷不闷？我问过她，叫她看看电视，她说自己看不懂；叫她给家里打打电话，她怕接电话的是她爸爸。我建议她到外面走走，这里是大学城，走到大学图书馆也不过10分钟，玫瑰当然点头表示同意，但我能感觉玫瑰没有听进去。

我每天早上去上班，玫瑰就坐在沙发的一角，手上抱着她的小黑收音机，晚上我回家发现玫瑰还是那个姿势，她仿佛一整天就没动过，就像家里养的一只小猫老那么一个姿势。其实也不尽然，因为就算小猫，你还能根据它盘里食物的多少和家具上的爪子印判断出它一天的行踪，而玫瑰连这点痕迹也不留，连抱收音机的姿势都是一样的。回来我问："吃药了吗？"玫瑰说："我在听故事。""在听什么节目？""我会记住吃药的。""感觉怎么样？""电台FM73.3节目开始了。"我们的对话是这样的不对茬。

玫瑰更像一朵花儿，不管夜来风雨声，它只是安静地花开花落，落下花瓣时发下轻微的着地声。不料有一天这朵花花瓣着地时却发起惊天响声。

那天下班回家，就看到玫瑰已经帮我把信取了回来。其中一封快递，没有寄信人地址，打开后是一摞照片：张阿姨在加拿大温哥华的豪宅，张阿姨开着保时捷进出豪宅，张阿姨出入奢侈品店。

我一直忙于玫瑰的案子，父母10周年忌日那天与金叔叔通过一个电话，之后再也没有联系，没想到我的怀疑再次回到我生活的中心。我立刻大声询问玫瑰："这个信封什么时候送到的？"

玫瑰苦恼地想了一想："就是下午吧，每天差不多同一个时候。"

"送信的人什么样子？他说什么了吗？"

玫瑰又苦恼地想了想说："我没注意啊。"

谁寄给我这些相片？很显然是在告诉我这些跟我有关，是不是在说金叔叔夫妇离不离婚跟我是没有半毛钱的关系，却有500万的关系？

玫瑰探头看了一眼照片，问："她是谁啊？"

"她是我的养母。"

"你看到她的相片这么生气啊？"

见玫瑰一脸的不知所措，她知道什么？我对她叫什么？我意识到在一个孩子面前的情绪失控，对她表示歉意："对不起。跟你无关。"

玫瑰无辜不解地看着我，点点头。她不知道里面的缘由，不过问，只是点头对大人表示谅解。

于是我打了个电话到金叔叔家里，接电话的竟然又是张阿姨。我不得不怀疑他们是真的离婚了，还是假离婚转移资产。

"小溪啊，我正准备给你打电话，可你金叔叔不让。你金叔叔他，他在医院。"张阿姨说着说着泣不成声。

我不动声色地说："张阿姨，你对金叔叔真好。离婚这么多年了还这么关心他。他病了，你还专门从加拿大回去看他。"

"我放不下他啊。你金叔叔病倒了。他不让我告诉你。他一直觉得对不起你，对不起你父母。"

"叫金叔叔好好养病，不要想太多了。张阿姨，你在加拿大过得好吗？"

"小溪啊，其实张阿姨又结婚了，现在的丈夫很有钱，所以生活过得很好，房子也很大，可他的为人跟你金叔叔没法比。你金叔叔是个好人啊。"

　　原来如此。她的富足生活跟我无关，跟她的新丈夫有关。我又问："那你们当年怎么就离婚了呢？"

　　"当年他破产了，欠了很多钱，心情不好，也不想连累我，两个人就这么离了。现在我虽然又结婚了，可心里还是放不下你金叔叔。他前一段时间投资失败，其实就是被人骗了。他这把年纪了这么拼命，也是希望死之前给你留点钱。他知道你在美国过得辛苦，做社工赚得不多。如果他投资成功了，你就不需要这么辛苦了。人家也就是利用了他的弱点，骗了他。"

　　愧疚与不忍再次在我心里发作，自惭形秽。每次当我有疑点，疑问不仅完好地得以解答，而且转换成另一个形态，就是成了他们的居高临下光明磊落，我那点小人之心昭然若揭，猜测之心不断放大，人格不断缩小。

　　"张阿姨，告诉金叔叔，钱乃身外之物，不要看得太重了。"我对他说，也是对自己说。这种宽广的胸怀是我的美好向往而已。

　　就像我们不愿意让玫瑰听的话，说英语，现在我们说广东话。广东话大概是离普通话最远的中国方言之一，远到美国人以为广东话是与普通话并重的两种中国官方语言。我确定玫瑰听不懂广东话，因为她以前还问我"仆街啦你"什么意思，所以我在她面前可以毫无顾忌地谈话。同样，玫瑰认为自己听不懂，站在一旁没有关系，不需要回避。

　　其间我看了一眼玫瑰，她才不在乎我们的谈话呢，她抱着她的小收音机听得入神。任何别的声音都无法将她从那份专注中分心出来。这是个心智比她年纪要落后的孩子。玫瑰看见我在看她，用眼睛跟我打个招呼，小声说："我在听广播呢。"又专心去听耳机。

我看了一眼玫瑰手上的小收音机，想她听什么听得如此忘我。正在这时有人敲门，是洪妍。玫瑰把她的小收音机往沙发一扔，一声"妈"就冲了过去，那一声激动又体己。玫瑰往妈妈身边悄悄地望去，她在期望爸爸，然后目光有点失望地收了回来。

洪妍一边拥着女儿，一边打量我这里简单而不配套的家具和用品。她总把目光落在最奇怪处，比如掉了漆的鞋柜，有污迹的沙发，所以她的目光每落一处，我就要解释："这个鞋柜该换了。这个沙发是我同事搬家淘汰给我的。"

我每解释一处，洪妍就点点头，那个意思是：这样啊。然后她问："社工在美国的收入就是这种水平吗？"

"在美国做社工的收入高得都可以买法拉利了，只是我经常偷税漏税，所以我不能太铺张了，只能把自己装得很穷，不让税务局怀疑我。"

洪妍笑："平时看你年纪轻轻的，行事却很沉稳老到，甚至有些严肃，没想到你也有风趣幽默的一面。"

"我喜欢这种简单的生活。"在美国就是这点好。你可以把贫俭当作是一种生活风格，一种故意有别于众人的生活方式，显得自己挺不一样的。

"我们家玫瑰没有给你添麻烦吧？"

"没有。她是一个好孩子。"我护短地笑笑。

"谢谢。"玫瑰先是说中文，然后鹦鹉学舌说英语，"三Q。"

洪妍母女手挽着手一起坐在沙发上。我看着这对母女在一起的画面，就像看一副七巧板——绝对的对称体。母亲的强势对称的是女儿的弱势；女儿总是以抑代扬；母亲口若悬河滔滔不绝，女儿寡言少语加口吃；母亲给任何一个人都留下深刻的印象，而女儿给所有人留下的印象是她不企图留下任何印象。然而她们又是那么的一体，没有相似却互补，没有沟通却相互理解。

我忍不住道："你和你女儿是非常不一样的人。"

洪妍表示同意："我也不知道自己怎么就养出这么个女儿。可能是我和她爸爸太吵了，所以老天爷跟我们开了个玩笑，生个女儿是个闷葫芦。这就叫变异吧。"

我笑了，对玫瑰说："你在自己家里也这么安静吗？还是因为在我家里拘束？你安静得让我担心。"

我看惯了美国青少年那副以批判的眼光看待全世界、全人类的叛逆形象，玫瑰安静、乖巧得太不正常了。

玫瑰浅笑如花。

我用英语问洪妍："我需要问你一件事情，你知道玫瑰的朋友月季吗？"

"月季？是花吗？每朵花都是她的朋友。"

"不，是人名。"我用有几分神秘的语气说，"我听见她们在对话。"

正说着，玫瑰突然叫肚子痛，还闻到一种怪味道，眼前的东西变形了，然后头往后一仰，倒在地上，口吐白沫，继而全身强直痉挛。

"她发作了。"洪妍很冷静地说，叫手足无措的我打911。洪妍将玫瑰平放，解开她的衣扣，保持呼吸道的通畅。约几分钟后抽搐自然停止，玫瑰肌肉松弛地躺在那里，呈现昏迷或昏睡状态。

救护车来了，洪妍把玫瑰送去医院。我一个人留在家里，还处在情绪平复中。坐在沙发上，手无意中触碰到玫瑰的那台收音机，我拿过这个不起眼的小收音机，好奇玫瑰平时到底在听什么节目。我把频道定到FM73.3，就是玫瑰常常谈及的她最爱的电台。什么声音也没有，我又把频道调到别的台，还是什么声音也没有。我摆动了一下收音机，仍然没有动静。于是打开收音机背部，傻眼了：里面连电池也没有。

我"啊"的一声呻吟，像是探到一个很深的秘密，我有点虚脱。

SHAONUMEIGUI

少　女　玫　瑰

第十四章

神秘的小收音机

第二天一早，我做的第一件事就是去找写心理报告的帕金医生。他为玫瑰看过病。我做学生的时候一直在帕金医生的诊所打工，他是癫痫精神领域的专家。

　　帕金医生是个四五十岁的犹太男人，清瘦谦恭，温文儒雅，敏感友善，年纪不大却已经谢顶，说话慢条斯理，略显啰唆，有些神经质。出身富有，却生活朴素，致力于服务他人。我从福利机构带去的孩子大都来自贫苦家庭，每次我跟帕金医生一讲他们的情况，他都想办法减免医疗费用。我对他表示感谢，他是这样回答我的：善待孩子就是善待社会！他们以后对待世界的态度很大程度上取决于现在世界对待他们的态度。如果一个人在他成长时期一直受白眼，受不公正的对待，他长大后也很难善良地对待社会。我们对孩子好一些，就是对自己未来好一些。

　　这就是帕金医生的成熟深刻。他看问题从来不只停留在表象，他也总是教导我们：不要只看表面，要看得更深刻与透彻。

　　他当年也是这样对我。我18岁一个人从中国来美国读书，又因为金叔叔破产，失去了经济来源。我完全靠勤工俭学完成学业。我一直在他的诊所当接线生，他只知道我的家境不好，需要多赚一些钱，比别的孩子肯吃苦。美国学生午饭都在外面吃，我总是自己带便当。一次一个新来的工作人员叫我一起出去吃，另一个学生说：她不会去的，她没有钱。帕金医生当时在场，他听了这话偷偷地看了我一眼，他的脸红了，两个耳根都红得晶莹。他的羞窘和胆怯让我感觉他比我还难受。后来我听说他一直把接线生的位置留给我，有人来求职，他都对外说：这个位置已经有人录用了。

帕金医生虽然是犹太人，可是每年圣诞节也会为诊所的工作人员准备礼物。我总是最后一个去拿，等所有的人都挑完了，我才去拿最后一个剩下的。一年圣诞节，帕金医生最后叫住我，问我为什么不主动去挑最大最好的礼物。我说我都没有意识到这点，可能已经成了自然。我的谦让温和与其说是天性，可能更是后天使然。14岁起寄人篱下，学会察言观色，能很好地洞察他人，却不能看到自己。慢慢地我也忽略了我的感觉，不会表达我的感受和愿望，更缺少把痛苦说出来的能力，因为不愿意别人感觉到不快。比如我在家里想吃一个大一点的苹果，张阿姨说，小溪最懂事了，她总是把大苹果让给别人。我就把自己想拿大苹果的手和想法都移到小苹果上。

帕金医生说许多事情都要自己去争取，学业、工作还有爱情。这种什么都退让的气质对我的自身发展会是障碍。然后他很认真地对我说："我希望你把我的话听进去，并且付诸行动。"

我说："真的吗？什么都要自己争取吗？那么我要告诉你一个秘密，那就是我一直都很爱慕你！就像我对所有的事情的态度不去争取，我一直把它埋在心底。现在既然你说了，我就告诉你我的感情。"

帕金医生呆了一下，直直地看着我，像是核实。他为我突然冒出来的不像我的行为困惑，认真地回应我："像你这样的少年丧父的女孩子会依恋年长的男人很正常，可你是个非常美好的女孩子，你不应该把最美好的青春年华浪费在我身上。将来一定会有一个优秀的男孩子因为生命中有了你倍感荣幸！"

他说不能想象让一个他关爱的女人跟着他受抑郁症困扰，抑郁症患者是最不能嫁的人。虽然有些孤独，可是一想世界上有一个女人因为没有嫁给他而幸福时他就欣慰了。他说他现在就希望多帮助一些人，让生活早点过去，可以进入晚年的状态，去亲近自然与书本。就在他惯有的深刻和啰唆的时候，他察觉到我嘴角的一丝笑，他立刻明白我清纯贤淑的外表下，也有捣蛋和古怪。我在恶作剧，拿他做练习！

然后他认真地说："既然你说了这话，不管是真是假，我都不可以再雇用你了。我们有严格的制度。很遗憾，你被解雇了，但是我会多付你一个月的人工作为遣散费。"

这次轮到我傻了，知道自己笑话开过了头。没有了工作，我连下个月的房租都交不出来。他看着我急青的脸，大笑地说："你也上当了吧。现在我们扯平了。"从此我们真正进入了朋友的阶段。

我慢慢地把自己的故事，我失去父母的痛苦和自责，我对金叔叔一家充满感恩与怀疑的情绪一点一点告诉他，我不把他当心理医生，而是朋友，或者父兄。他那种平静绝不大惊小怪的神情让我感觉我在他这里是安全的，什么疯狂变态的想法在他这里却没有超越正常的范畴。

帕金医生也把我当朋友，告诉我最真实的他。他说他是抑郁症患者，19岁因为情绪失控差点自杀而休学一年。我说看不出来，因为他跟所有的人都相处得很好，与周围环境包括动物与植物也相处得很好，家里养了很多动物还有各种花草。他的朋友家里有养不活的植物送到他那里，都能救活。他点点头说是的，我就是跟自己相处不好。他说这也是他终身不婚的原因。我们看着帕金医生这样活着，悄然内敛典雅，只有他自己时常担心他会有一天失声发作。

有时候他坦诚直面自己内心到我都不忍听下去。就像他一直教导我们的，不要停留在事物的表层，而要看到深层，像中医。中医的道深在于它能透过表面看到本质，心理诊断也要如此。就是经过调理和疏导，把黑不可测的心理病灶找出来。他看自己亦是如此。他说自己对烟头不仅有心理上，更有生理上的反感与恐惧。他年轻的时候曾经将自己作为实验，就烟头的问题看了不同的心理医生。其中一个心理医生做出这样的推断：因为他幼年时曾目睹父亲用烟头烫母亲，所以他对父亲很憎恨。这种憎恨随着母亲的离家出走更加强烈，形成了想杀死父亲的犯罪欲望。经过长年剖析归纳，他意识到对烟头的恐惧其实是他对自己潜意识中那个杀父念头的恐惧。他表面是恐惧烟头，其实他是恐惧自己暗中的杀念。见过心理医生后，他读了大量心理学方面的著作，很快他就读进去，很快他就不满足了，直接改了专业，成了心理医生。

他相信弗洛伊德的理论，就是童年的创伤永远都在，你以为它已经被忘却或者自我愈合了，其实它只是在沉睡，一旦时机成熟就可能发作。按照他的理论，我们每个人都生活在童年里。也就是说帕金医生童年家暴的阴影，我丧失父母的创伤，玫瑰现在所经历的一切，与我们一生如影同行。

这次去见帕金医生就是想通过表象看到实质。就像我看不清金叔叔一家的动机，我也看不清玫瑰和她无电池的收音机。

很久没有见帕金医生，这次再见帕金医生，他见到我的第一句话是："兰溪，你看起来很累。"

"千万不要跟一个女孩子说她看起来很累，看起来累就是看起来老。"我把两个拇指勾在牛仔裤兜上，微微做恼羞状。

帕金医生记得玫瑰，说自从上次见过这个孩子后，期待着她的复诊，可惜再也没有见过她。我说家里的事情太多了，没顾上她，而且她的父亲不相信心理医生。帕金医生点点头笑笑，表示理解，说："现在还有不少人把动刀的医生当作真正的医生，我们这些心理医生只是江湖骗子。不相信我们。"

"可我相信。"我说，然后我说了玫瑰与她的无电池的小收音机。

听完小收音机的故事，帕金医生有了兴趣，说："我记得那个小收音机，当时我没有留意，没有想到……这是典型的癫痫妄想症。这种病人的症状较不容易被发现。他们给人的感觉只是神经开了小差，反复做一些动作，比如……"

"比如反复搓手、嚼牙、咀嚼、吞咽、理衣、行走或喃喃自语。而且他们仍能正常地使用交通工具，简单地与人交谈。"我说起几次看见玫瑰这样的情景：她在地上来回徘徊，嘴唇微微颤动，牙床不断咬噬，口中喃喃自语，吸吮咀嚼，还有她的发呆发傻，自言自语。玫瑰种种可疑不合理的行迹，现在都变得合理，有依有据。

"癫痫，是一种由大脑异常放电所导致的脑部疾病，引起突然而短暂的脑功能失调，导致运动、感觉、意识、植物神经、精神等出现障碍。据估计，50%癫痫伴有精神异常，这是一种类似精神分裂症状的表现，症状有幻觉、妄想、思维散漫、情感不协调等。急性发病者在癫痫发作终止后不久症状自行缓解，慢性病人则妄想、幻觉等精神症状可以长期存在。这些患者坚持认为他们看到、听到现实中不存在的人与事，而且自己能与他们交流与对话。发作时病人意识不清，似做白日之梦，意识恍惚，表情呆滞，表现吸吮、咀嚼、吞咽、理衣、行走或其他无目的动作，可历时数小时。而这期间病人能正常地使用交通工具，简单地与人交谈。"帕金表情严峻，两手相叉，两只大拇指不停地打着圈。

我接着说："癫痫病人在意识障碍的背景下，常有错觉、幻觉及自动症等。因多由颞叶病变引起，故又称颞叶癫痫。约有40%的病人发病时有先兆，感到胃部不适、幻听、幻觉、眩晕、恶心、恐惧等。可产生发作性的情感异常，像突然感到忧伤、恐惧、大祸临头、末日来临等。如错觉，听觉异常时，别人对自己的谈话像是隔了一堵墙；视觉异常时，感到看到的东西像蒙了一层纱，看见地面起伏不平，看到物体像被扭曲了。有时较为复杂的自动症则表现为梦游及神游等。更严重的表现为多种复杂症状的妄想症，症状多发作在癫痫发作后的一到四小时内。这种症状会突然暴发冲动，甚至产生违法行为。如伤人、毁物、自伤、自杀、杀人等。"

帕金医生笑了："看来你做了很多功课呀。"

"是啊，这就是为什么我看起来很累。我一个晚上没睡觉。"

"最最主要的特征是这种发作往往是在癫痫病发作的一个小时后。"

"案发当晚，她是七点半癫痫发作，她妈妈八点半钟离开家。她是八点半后醒来，出现幻听幻觉的。"

"一般典型的妄想症有以下两个特征，缺一不可：第一，妄想是一种坚信或确信。妄想症患者不接受事实和理性的纠正，不论别人怎么样解释和劝说，也不论事实证明或证据指向反面，妄想内容始终为患者所坚信，这几乎是不可动摇，不可纠正的。第二，妄想是自我卷入的。也就是说，患者妄想的内容是自我中心的，饱含着个人极为重要的感受。例如，我在被人追杀。妄想的核心判断总是包含着'我'。"

"玫瑰就是认为她处于危险之中，有人要害她。她甚至不敢吃外面的食物。玫瑰只是一个劲儿地说她必须这样。"我念着档案上关于玫瑰对事件的记录，"我必须这样……我害怕……我必须这样……"

随后帕金医生和我到了医院，蹑手蹑脚地到了玫瑰的病房，我们看见玫瑰熟睡的样子：她病痛脆弱的躯体此刻是那么的平静，表情显得那么祥和——那种不再担心恐惧的宁静。她不像醒的时候嘴唇那么抿着，眼神那样躲着，总像是恐慌畏惧什么。她经历了搏斗和挣扎，终于进入了梦乡，在梦里她什么都不怕。她大概只有在熟睡的时候是个正常的人，我心痛地意识到。她让我想起在她家的玫瑰园第一次见识到一枝生病的玫瑰花朵，那般美丽绽放，其实长了花癌，摇摇欲坠。

这时洪妍进来，我开门见山地对这位母亲说："我觉得玫瑰可能有精神病。"

洪妍很不客气地说："你才有精神病呢。"

我把与帕金医生的对话重复了一遍，洪妍才不觉得我有精神病了，而且立刻认真去看帕金医生。

帕金医生说："我们可以先用头颅CT、核磁MRI、脑电图扫描检查一下。"

很快诊断报告出来，核素显像和磁共振检查发现玫瑰大脑左侧有结构性病变，40小时持续脑电录像监测显示，包括清醒和睡眠两部分的描记，出现尖波、棘波或尖慢波。玫瑰左侧前额叶有异常放电，证实癫痫病灶的存在。用脑磁图仪器搜寻脑部癫痫病灶，发现了0.5厘米大的病灶点。

"这个诊断只能说明她有癫痫，并不能说明她一定有癫痫妄想症。"洪妍看了一眼诊断报告，立刻去看医生的眼睛。

"你说得很对，现在下这个定论还太早，还需要对她进行全方位的检查。"

洪妍立刻给比尔打了电话。比尔赶到医院，我能看出他的眼睛里有不动声色的兴奋。他兴奋当然不是因为这个可怜的小姑娘得了精神疾病，而是他可能就此找到为玫瑰辩护无罪的理由。

以前他对我说，许多律师在办理一生中最重大的案件时，他们都有过绝处逢生的经验，侦办到山穷水尽之处，突然柳暗花明又一村。我想，此刻他心里那种战栗的兴奋感大概就是他形容的"绝处逢生"。

玫瑰终于醒来了。

她醒来平静地看过我们每一个在她病房的人，像点名一样，一个一个点过，然后她又去看门口。我们知道她在期待谁。

"爸爸没来啊？"

她看着每个人希望大人能给她回答，大家把眼睛移开，都回避这个问题，甚至不敢去直视她的眼睛。最后玫瑰就看着我，眼神有种凄惨的期许。

告别玫瑰后我第一个找的人就是白少明。

我算是有点了解这个男人，知道打电话约见反而见不了面，得直接找到他的公司。白少明果然在办公室，他的桌子上有一个酒瓶，空的。他也像空的酒瓶，只剩下一副躯壳。烟灰缸里满满的烟头，他就坐在烟雾中。又是一个背影。

我叫了他一声。听了这声叫，白少明从肩上扭过脸来，他脸上的沉思是一目了然的。白少明两指间焦灼的烟头烧得白白的一大截，我看得出他满腹心事。

白少明说："你也来了。"

我想：也来了？在我之前谁还来过吗？

白少明回答："比尔已经来过了。"

比尔当然已经来过了。他是被告的父亲，也是其中一个被害者的父亲。比尔一定要把他争取过去，那他一定也把玫瑰的情况告诉他了。

我站在那里，等他请我入座，没等来就自己坐下。白少明看见我已经坐下，知道我要在这里待的时间比他希望的长。他故意大声地发出邀请说："兰小姐，请坐呀。"

我却装得看不懂他的心思："白先生，我不知道你还抽烟呀？"

白少明不理会我，说："说些比尔没有说过的吧。"

比尔已经来过了，我就不需要多说玫瑰的情况。比尔当然比我更知道煽情。

"你觉得她会平白无故地杀人吗？"

"我不觉得你是在问问题，你是在表达观点。你问我是怎么想的，其实你是在告诉我应该怎么想。"

"那是一个根本没有电池、无法用的旧收音机，哪儿来的节目？哪儿来的声音？玫瑰可能出现了很严重的幻听、幻觉。"

白少明看着我，我语气的严肃和认真使他暂时接受了它，尽管蹊跷却有点来头。他示意我对自己的陈述进行解释。

"她常常感觉有人跟她说话，有人对她进行广播。其实没有。她有一个秘密的世界是我们不知道的。"

"你到底想说什么？"

"老实说，我也不清楚，但是我查了一下资料，我认为玫瑰可能有癫痫导致的精神方面的问题。"

"那她又为什么瞒着呢？而且骗了这么久，这么好？"白少明痛苦地想搞明白这个谜一样的女儿。他们分开4年，只是隔一段日子回去看她，错过女儿成长很重要的4年，她由女童蜕变成少女，一个谜一般的少女。

"因为她感觉不能说，有人不让她说。我估计与她的妄想有关。"我说，"现在推测癫痫病理引起的精神失常还太早，我来是告诉你专家正在为玫瑰检查。我想你可能有兴趣参加。"

"什么有人不让她说？恐怕是她知道说实话的后果吧。她知道说实话的后果严重，却不知道撒谎的后果更严重。"

"也有可能。我们一起去听听专家的意见吧。"

"你怎么知道我会参加？"

"因为你想知道事情的真相。"

"说真的我都不知道她是一个怎样的孩子。她一下子结束了两条人命啊，连一个婴儿也不放过。"白少明阴郁地看着烟灰缸里的烟头。

"想想她的好处。想想一回家就会给你倒水，帮你拿包。你怎么可能全忘了呢？那个才是真实的玫瑰。她只是一时精神失常才闯下滔天大祸。她有病。"

"我都不知道应该相信什么，不相信什么了。但比尔说这是一次机会，就是说如果这个孩子有病，可以使她减刑或者免刑。所以我相信什么已经不重要了。"白少明本来是要将手上的烟头掐灭，突然变了卦，重新拿起，微蹙眉头定在那里，穷凶极恶地猛吸了几口，然后痛定思痛地说："我会出庭做证的。因为她是我的孩子。我已经失去一个孩子，不想再失去另一个。"

"白先生，我来的目的和比尔不一样。我不在乎你是否为玫瑰做证，我在乎你是否到医院看她，是否想了解她。你是她的父亲。"

到了下午两点，白少明出现在帕金的办公室。我看着他，说："我就知道你会来。因为你是父亲。"就是这么一句"因为你是父亲"，让白少明猛地感伤起来，鼻腔一阵热。

我和他正说着，洪妍也来了。这对冤家又见面了。两个人的表情都有瞬息的混乱，但是两个人都很清楚这个非常时刻不是计较彼此恩怨的时候。他们之间的爱不欲生和恨不欲生都释淡了。

SHAONÜMEIGUI

少　女　玫　瑰

第十五章

我还能回家吗

与此同时，帕金医生正在对玫瑰进行另一次的心理测验。看玫瑰全身武装的架势就知道这不是一次寻常的心理测验。玫瑰身上各种管子和仪器贯穿全身，帕金问，我翻译。帕金医生认真地观察她的各种表情，同时注意脑电波图和监测仪表。屏幕闪烁不同的数字，曲线上升下降，缓缓前进。

　　"不需要紧张。就像上次一样，我会问你一些问题，你愿意就回答。不愿意说，就不回答。可以吗？"帕金医生永远就是这样平静温和地看着他的患者。这种祥和曾经让我，现在也让玫瑰感觉到很安全。说什么他都心平气和地看着你，说什么在他这里都是正常的，都是可以接受的。

　　玫瑰点点头："可以。"

　　"你来自中国哪一个城市？"

　　"上海。"

　　"你在上海的家有几扇窗户？"

　　玫瑰想了想，用手指数了数，然后回答："22扇。"

　　"当你数窗户时，你是在房子里面数还是在房子外面数？"

　　"外面。外面数得更清楚些。"

　　帕金医生点点头。

　　"你在洛杉矶的家有几扇窗户？"

　　玫瑰又想了想，再用手指数了数，回答说："30扇。"

"这次你数的时候，你是站在房子里面还是外面？"

"里面，在里面会安全些。"

医生点点头。

"你第一次见我时说你最近有无法解释的情绪？"

"是的。"

"什么情绪？"

"害怕！"

"害怕什么？"

"害怕她。"

"你害怕她。她是谁？丽莎吗？"

"是，可还有别人。"

"是谁？"

玫瑰不说。

"你还说你有失控的情绪，做了不好的事情？"

"是的。"

"指的是什么？"

玫瑰不说。

"这些失控的情绪，有没有对你自己或者对别人造成伤害？"

玫瑰点了点头。

"这些情绪有名字吗？"

"有。"

"叫什么？"

玫瑰下垂的长睫毛突然抬了起来："她的名字叫月季。"

我听到这个名字，重重地看着玫瑰。玫瑰很茫然地看着我，好像在说我说什么了让你这么瞅着我。好在帕金永不吃惊的表情镇定了她，你说什么，帕金医生都点头接受。

"你叫玫瑰，她叫月季？她什么样子？多大年纪？"

"她是电台的播音员，她是我的朋友，好朋友。"

"哪一个电台？"

"FM73.3。"

"你听见她对你说话？"

"是的。"

"你能介绍我也认识她吗？"

"不是所有的人都能成为她的朋友，不是所有的人都能听见她的声音。"

"她都说些什么？"

"什么都说。有时候她是一个好女孩，有时候她是一个坏女孩。她是好女孩的时候，跟我很像，我们什么都说；可是她变成坏女孩时，她很凶，经常对我发火。"

"所以你有时候喜欢她，有时候害怕她？"

玫瑰点点头。

"那说说那个晚上吧，你为什么杀了丽莎？"

"我必须这么做。丽莎会害我们的。我经常看见她在我们的饭菜里下毒，我听见她磨刀的声音。她，她叫我这么做的。"

对心理医生述说就像跟神父忏悔一样，你说什么，他都不会跳起来，他都可以接受。杀人放火强奸，人世间不就那点丑事，有什么可一惊一乍的。帕金医生只是点点头，这是他的职业素质。他轻声地询问：

"谁？她是谁？"

"我不能说。我不能说。"玫瑰低下头。那虽是说到一半的话，却是肺腑之言，有着极大的难言之隐。

"好，不着急，不要紧张。要喝什么吗？"

"有水吗？"

帕金医生给玫瑰倒了一杯水，玫瑰看了一眼水杯，不喝。

　　帕金医生立刻也给我和他自己倒了一杯。玫瑰看我们两个先喝了，才放心喝下去。

　　"玫瑰，为什么不能告诉我她是谁？"

　　"不能说，她会生气的。这是我们之间的秘密。"

　　玫瑰说到此，抬起头，那双黑黝黝的大眼睛惊恐而神秘。玫瑰谈到的这个朋友就像漂流在北极圈的冰山，而隐没在冰山下面的是太多太深的危机。帕金医生就是要发掘那些危机。

　　"杀死丽莎和小弟弟，是月季叫你做的？"

　　玫瑰沉默了一下，点点头。

　　"她为什么叫你做这些？"帕金医生问，还是那副平静的表情。你做了什么他都接受，他在乎的是为什么，他要找到病因和病灶。

　　"月季不喜欢丽莎。她叫我保护自己，也保护妈妈。那天晚上我癫痫发作后醒来，爸爸妈妈都不在家，就我一个人在很大很大的房子里。我很害怕，听见有人敲门窗，想进屋来抓我，有人要害我和妈妈。我害怕。我得保护自己和妈妈。"

　　"然后呢？"

　　"然后我就带了一把铲刀，坐公共汽车去了丽莎家。"

　　"再然后呢？"

　　"然后我回了家，她叫我把沾血的睡衣烧掉，把铲刀藏好……再然后妈妈回来了。她喝得很醉，倒头就睡了。"

　　"你就假装没事一样？你不认为自己做了一件很可怕的事情吗？"

　　"我是害怕的，可月季告诉我，我所做的一切都是正确的、对的。因为我保护了这个家庭。"

　　"你之前身上的瘀青哪来的？"

"月季打的。"

"你身上的伤不是自己撞的，也不是丽莎造成的，而是月季叫你这样做的？"

"是的。"

"她为什么叫你这样做？"

"因为我不听她的话，她生气了，就打了我。"

"她怎么打你的？她是怎么和你沟通和联系的？"

"广播，她会通过广播跟我讲很多话。每次听完我就像被灌醉的小兔子。"

"被灌醉的小兔子？"

"是的，看上去还是眼睛红红的，其实她醉了。可是人们不知道。因为她没有醉的时候眼睛也是红红的。"

这其间都是他问她答，有时候她也自言自语。他看见她在回答问题时总是看着地面，两只脚歪斜着，两只手拘谨地揪自己的裤角。

帕金医生与玫瑰谈话完毕，将玫瑰留在小诊室里，他和我出来。他祥和的脸一下子拉长，面色严厉地问玫瑰的父母："玫瑰得癫痫有多久了？"

洪妍说："她第一次发病是在她9岁那年。这几年为了这个病不知道跑了多少医院，各种抗癫痫药物治疗，但效果都不理想，还出现了肝功能损害、齿龈增生等副作用。专家和民间的都试过。有人说吃猫头鹰能治癫痫，我们也去试；也有人说用蓖麻根煮水喝，我们也试了。我们把她从中国接来就是为了带她看病来的，可是一来美国就发生了一连串的事儿，包括这起谋杀案。我们一直就被别的事情拖着，反而把玫瑰来美国的初衷——给玫瑰看病的事耽误了。我们没尽到做父母的责任。"

白少明只是低着头，惭愧着自己。

"她有没有按时服药？"

"如果我们在家，会提醒她，但是一忙起来就忘了。家里发生那么多事，就顾不上天天监督她吃药了。"

"她的癫痫病情没有得到合理的控制治疗，越来越严重了，现在出现了后遗症。妄想症就是后遗症的一种。"

"什么？你说什么？"夫妇俩皱着眉问，医生是在说外国话吧，他们怎么听不懂。医生是在说外国话。

"换句话说，就是精神病的一种。妄想是思维变态的一种主要表现。妄想是一种在病理基础上产生的歪曲的信念，病态的推理和判断。它虽不符合现实，但病人对此坚信不疑，无法说服，也不能以亲身体验和经历加以纠正。比如玫瑰她坚定地认为有人对她说话，有人要害她和家人。她不敢吃外面的食物，认为别人在里面下毒了，等等。玫瑰妄想的内容还是联结得起来的，结构紧凑，这是系统性妄想症。有些病人妄想的内容支离、前后矛盾、缺乏逻辑性，称为非系统性妄想症。妄想症病人通常有部分脱离现实，人格上大体还算完整。所以正常时候一般人看不出来。"

"不可能！"洪妍听到这里，紧蹙着双眉定在那里，歇斯底里道。就像她第一次证实丈夫的外遇，也是同样的音高同样的惊愕。

白少明则是着急地问："可是她看起来没问题呀，有些方面她是天才。比如对植物的了解。我花了20年去掌握的核心技术，她只需要几个月。"

"这种病人在智力方面没有问题，甚至超乎常人。有些科学家也会是妄想症患者，这显然不符合患者所受的教育程度。这些人也许对礼貌与否，讲话是否太大声这些小是小非很在乎，但对真正是非黑白观念却显得与正常人不同。比如我们正常人对杀人、放火、凶器这些字眼有反应，我们听到和说到这些词的时候脑电波有所变化，额叶会反应。但是玫瑰没有。她的脑电波方式与正常人不同。她听这些词的反应与下雨、窗户这些词的反应是一样的。当然她有癫痫，她的额叶反应与正常人本来就不一样。但是她的反应更特殊一些。"

"可她是一个很乖的孩子，特别有礼貌，人人都这么说她。"

"外表上看起来特别乖的癫痫孩子，他们不给大人添麻烦，不跟大人诉苦，不敢违抗大人的意思，其实最容易得妄想症。因为她要不断地按照大人的意思来修正自己，讨好成年人，去做一个乖孩子。在千方百计地向大人满意的形象靠拢的过程中压抑了自己的情绪，积累到一定程度，内心的焦虑就容易爆发出来。轻者会伤害自己，重者会伤害社会。这种人格的罪犯的犯罪形式往往更为危险可怕，比如爆炸案；相反从小打架斗殴的孩子，成年后的犯罪形式是抢劫杀人，不会偷偷摸摸地放个炸弹什么的。"

"她怎么就这样了呢？"

"也可能处于特殊环境如处身异地，除了自身的癫痫病症的因素影响，还受到社会文化诸因素影响。总之为什么得病是很复杂的，就像为什么得脑癌一样，是说不清楚的。比如我接触的一个病人，她一直认为自己是外星人。这可能就是跟她无意中看到的一个外星人的科幻电影有关，一般人看完就完了，她就无法分辨现实与虚幻的界限，分不清自己与剧中人的区别。玫瑰不断地谈到危险，她和妈妈都在危险之中，她得用刀来保护自己和妈妈。如果她不杀了他们，他们就会杀她。这些可能是潜意识中受到什么暗示。"

"医生，你的意思是说玫瑰会出现有人要害她的妄想，可能是我们大人间无意识的信息传递？"白少明问医生，却看了一眼洪妍，并让大家留意到他看洪妍的那一眼是多么的抱怨。

洪妍被那一眼自责得低下了头："我是说过丽莎是我们家的仇人。她和她的孩子以后一定会来伤害我们。这个孩子长大了，会和她分财产。我说的这些也是导致她产生妄想的原因吗？"

"是的，可能你们的吵架让孩子感受她的处境十分危险。她容易接受暗示，即不加批判地、盲目地接受对方的影响。以'外射作用'来处理自己的心理困难，而导致系统化之妄想构造。在丰富的幻想下及自身感觉不良的基础上，往往产生妄想。"

白少明狠狠地瞪了洪妍一眼："你跟孩子说这些是什么目的？你就是想拿孩子来报复我，你对她灌输对我的仇恨。现在你看看，报应直接就在孩子身上了。"

"如果不是你，我会对孩子说那些吗？"

"看看你们，又吵起来了。"我冲着他们大喝一声，"怎么为玫瑰的争吵结果又变成你们两个人的争吵？"

"我们谈论她是怎么得病的，还不如好好谈论一下怎么给她治病。"帕金医生说。

玫瑰呢？大人们通过玻璃窗看见玫瑰在小屋里玩自己的，她不知道大人们正在为她忙乎，从肩头甩过一个鬼脸给大人，嘴巴冲着父母龇出一个傻笑，一排牙齿跑出来。其实她只是想告诉大人，你们忙你们的，我自己玩得挺好，你们不用管我。可这个有点白痴的又大又空的笑，让她的父母心里拔凉，直喊救命。

"那有得治吗？"父母再看一眼女儿，玫瑰脸上的傻笑更空洞了。怎么会出来这么个结果？

"你们呀，"帕金医生叹了一口气，眼神流露出些许抱怨，是对他们的鞭笞，"一般家庭的孩子有了病也是全力以赴的。而这种事情竟然发生在你们这种有钱人的家庭。"

他本来还想说，如果他把事情搞大，这家人可能吃不了兜着走，麻烦大了。可是一想到这家人已经体无完肤的样子，暂且饶了他们吧。

"现在开始这个孩子每个星期到我诊所来三次。你们回家后要注意她的行为。在症状活跃期，切不可贸然触及她的妄想内容，如果她不愿意谈她的精神世界，你们千万不要逼着她说。如果她说起，也不要和她争辩，更不要急于告诉她所沉浸的世界其实全是假的，这样只有激怒她的情绪。也不要当着孩子的面议论她，或者窃窃私语，以避免引起患者的猜疑，而强化其妄想内容。可根据孩子的特长和爱好，鼓励她参加一些活动，打球啊，唱歌啊，她不是喜欢种花嘛。就让她在家里多多种些花儿，转移她的注意力。"

我这时发现白少明的眼睛里有一种哀伤，像受伤的水牛的哀伤。内疚与自责在他心里全面发作。

"我不知道我该怎么办！一个孩子死了，另一个孩子疯了。"白少明把眼睛虚了，转向远处，心思也跟着到了远处，"我应该早点听你的，早点让她看心理医生。我很痛苦我的女儿得了精神病，同时也觉得松了一口气。否则我真的不知道怎么面对我可爱的女儿杀人这件事。"

"你现在信了吗？"我问。

"我必须相信。"白少明沉重地点点头，像是被迫地接受某种信仰。他说，"如果我不相信这个，那么我就只能相信这个孩子杀了人。那么就等于我从今往后再也无法面对她了。"

"去看看玫瑰吧，现在她最需要你。"

白少明和洪妍走进玫瑰的诊室。玫瑰看见，向父母跑过来，就在她与爸爸照面的刹那，又停了下来，只是看着父亲。她在看爸爸对她的"凶手"的新面目有怎样的反应。白少明的双臂首先张开，主动拥抱女儿。他们此刻的相见，像是战乱后失而复得的重逢，悲喜交加，感慨万分。

"爸爸，对不起。"

"我知道。"

"这不是我想要的结果，我只是想保护自己，保护妈妈，也保护你。我没有想要给你带来痛苦。"

"我知道。"

"爸爸，你是不是每次看到我就看到一个杀人犯，你都会更恨我一些？"

"不，每次我看到你，我只会想弥补你多一些，怨自己多一些。因为是我的过失造成了这一切的悲剧。"

白少明抓起玫瑰的小手，拍在自己的脸上，算是替玫瑰出气。玫瑰把手挣扎起来，她舍不得打爸爸。

"爸爸，我能问你一个问题吗？"

白少明做了一个请问的表情。

"如果，如果……"玫瑰欲言还休，说什么都太晚了，玫瑰缓缓摇着头。

父亲以更抚慰的声调问："如果什么？"

玫瑰还是缓缓地摇着头，然后深吐一口气，壮了胆问："如果，有一天我出去了，我还能回家吗？"玫瑰小声地问，低下头，不敢看爸爸。她害怕拒绝。直到这一刻，她还在期盼着这个"如果"，她还没有彻底放弃那虚无缥缈的"全家福"。

"玫瑰啊。"白少明叹了一声女儿的名字，他被这个问题问得一阵心痛，他一把抱住孩子，"爸爸来就是想告诉你，爸爸要带你回家。爸爸相信你，你是因为病而失控，而法庭也会看到这一点，爸爸会出庭为你做证。你一定会被无罪释放的，然后爸爸就带你去看病。"

"我希望这一切是一场噩梦，醒来什么都没有发生。"玫瑰心里更是一阵温热，一阵自责，然后是一阵暴雨般的泪。

爸爸吐了一口气，叹了一句："一切已经发生了。"

那一幕让在场每一个人都为之落泪。在绝处逢生之时，升起爱与希望，这有多么悲壮。

SHAONUMEIGUI

少 女 玫 瑰

第十六章

这个武器叫法律

看着玫瑰终于可以跟着父母回家，我甚感欣慰。送走玫瑰一家，我回到帕金医生的诊所。

帕金医生问："这个案子是不是压力很大？"

"是的。压力实在太大了。"

"那你可得注意了，可别办完这个案子，你也成了我的病人。"帕金医生向我调皮地笑着眨巴眨巴眼睛，一丝忧郁阴影在笑容里。直到看到他笑，我才明白他是忧郁到家了。

我笑着回应："那可不好说，到时候你也给我打个折扣吧。"

"下一步的计划是什么？"

"我希望玫瑰能够接受最好的治疗，而这种治疗绝不是监狱可以提供的。"

帕金医生点点头，他明白我的意思。他说：我看不得这个世界有伤痛，伤痛总得唤起我的激情。我有过剩的同情心和笨拙的正义感，我总希望以自己单薄的灵肉与这个社会的伤痛抗衡。他还说现在这个社会需要我这样的人，需要这一品质。我因为这个世界的伤痛整个生存有了深度，而这个世界因为有我这样的人而有了温度。

这就是心理医生帕金。我只是表示想跟进玫瑰的案子，他就能总结、归纳出这么一堆，一下子看透我自己都不清楚的三万丈以下的岩浆。这是他的深刻所在，也是他的啰唆之处，就像《大话西游》里的唐僧。

"最近金叔叔有消息吗？"

"你知道吗？前些日子有人寄了些张阿姨在温哥华豪宅的照片给我，像是想告诉我些什么。"

"哦，这个很蹊跷。里面一定有文章。"

"是的，可我打电话过去却是发现张阿姨改嫁了一个有钱人，只是我想多了而已。可问题是谁把相片寄给我？目的是什么？挑拨离间还是路见不平？"

"事情绝不像表面上这么简单。"

"可我就是看不透事情的本质。"

"透过表象看本质，这个不仅仅是我们心理医生要面对的问题，也是我们每个人要面对的问题。"

"很难想象你的工作，每天跟不同的人谈他精神上的问题。你怎么就会有谈不完的问题呢？"

"你看过《最后的分析》吗？就像里面说的，我听他们说，然后我重复病人说的最后两个字，再加一个问号。比如他说：我感觉到恐惧，我说：恐惧？他再说：是的，我想死。我说：死吗？"

我笑，却也知道他说的是实情。尽管心理学界有许多流派，但是医治的方式大抵一致，还是从弗洛伊德那里袭承的那套，就是让病人倾诉，尽情地倾诉，医生认真倾听和记录，而且在重要的环节提示和反问一次，从中得到病人更确切的回答。因为它可能就是心理病态的诱因。后来我也在自己的工作中运用这种谈话技术，受益于此。

既然帕金医生一再强调透过各种表象看本质，我不能放过任何蛛丝马迹。想起刘妈说过玫瑰的种种异常表现，我去白家向刘妈再次核实玫瑰的情况，因为这些都与玫瑰凶杀案有直接关系。

出了白家，又看见温妮迎面走来，还是那张由性感大嘴和黑色大墨镜组成的明星脸。她的情绪不高，说她才见了律师回来。

"见律师？你也杀了人？"我很调侃地戏弄她。

"我要离婚。"温妮告诉我她的丈夫外面有女人了，因为她在他的书房里找到了一支口红和一条红内裤。丈夫却死不承认。

"没想到玫瑰那个小丫头料事如神。"温妮叹了一句。接着她问我到白家是否为了玫瑰的事。

我嗯了一声，非常不愿意多说。这么面对面地被问到，为了打发她的关心与八卦，只能这么嗯一声，希望她就此打住。

温妮没有闭嘴，而是感慨："我的想象力再丰富，也没想到会是玫瑰。看来现实比小说还要有戏剧性，还要让人意外。"

"我承认是很意外。"

"玫瑰怎么样了？"

"玫瑰她现在正在面对许多她这个年纪不应该面对的事情。她已经经历了很多不幸。生理的，心理的。"

"你什么意思？什么不幸？"

我认为自己没有出卖玫瑰的权力。玫瑰从一开始就寄予我一种巨大的信任，这种来自孩子的信任让我自觉地认为我是玫瑰的保护伞。我说："反正她是一个不幸的孩子。我们应该保护她。"

"她到底怎么了？"

"我现在不能告诉你。"我没有直接回答，却自我沉浸于一种莫名的感动中。

"我知道，是不是她能和花说话？"

"她能和花说话？"

"对呀，她告诉我她能和月季说话。月季是她的朋友。"

"月季？"我追问，"怎么，你也知道这个月季？"

　　我告诉温妮月季不是花，而是玫瑰幻觉中的人。温妮也愣了。我却笑了，因为我知道我越来越接近真相。

　　回到办公室，我对玫瑰身边的人的记录进行整理。我往玫瑰在上海的中学打了一个电话，我想了解玫瑰的情况。可惜她当年的班主任在国外度假，没能通上电话。我给老师留了个言，请她回来后给我回个电话。

　　刚刚挂了电话，突然艾澜出现在我的办公室，他告诉我比尔已经通知检方他们以精神病来作辩护理由。我想比尔的动作真够快的。

　　艾澜说这个主要归功于我。他的声音很讽刺："听说玫瑰的这个病是你发现的。"他把"发现"一词念得很夸张，还故意停了片刻，别有意味地看了我一眼。

　　我说："这个孩子一直有病，只是大人一直疏忽对她的照顾，没有及时发现。"

　　艾澜"哼"地冷笑一声，阴阳怪气地道："那是因为这个孩子没早认识你。早认识你，她早就得这病了。"

　　我看着他，大人看孩子的眼神。我经常用这种眼神看我的那些问题少年。当他们的荒唐行径与言论把我搞无语时，我就这样看着他们。现在我就用看那些孩子的眼神看他，就是告诉他我已经把他归类到我的问题少年中了。

　　他明白我的眼神，回到一个检察官的理智，说："这是个让人深省的案件，孩子的问题就是我们社会的问题。这几天我一直在想我们的社会出了什么问题，导致了这个孩子杀人。电视上的暴力太多，家庭矛盾，成长困惑，文化冲突，所以发生了这桩悲剧？我找这个理由，那个理由，然后这个理由最终还是聚集在这个孩子自身身上。她杀了两条人命。她结束了自己的童年。我真的不能把她当作一个孩子看待。看看她干的，她不是剪了同学的小辫子，或者偷了邻居的单车那样简单，那是两条人命，其中一个还是刚刚出生不久的婴儿。"

"那我给你一个合理的解释，她有精神病。她是无辜的，她对自己的行为没有意识。这是事情的本质。"

艾澜被我这一板一眼的认真陈述搞得狞笑起来，我越正经他觉得越可乐。他仰天长笑道："看在上帝的分上，你真的期望我相信这些？这种故事我听多了。一个男人杀了他的老婆，他说他的药品有副作用。一个人要去杀老板，他说自己是在梦游。那都是逃脱法律制裁的借口。现在玫瑰杀人，你们就想以心理不健全、精神病医生的报告这类东西来终结这个案件。这点雕虫小技也太拙劣了吧。癫痫发作暴力伤人的事情我们时常听说，并不陌生，那确是无意识的，但是玫瑰不只是拿刀出来砍人，她砍的是和她有仇的人。玫瑰的行为是完全的无意识吗？她是带着刀坐公共汽车去到丽莎家犯下这起双尸命案。我们在现场没有找到她的指纹，可见凶手是预谋杀人。而且她将血衣销毁，凶器藏好，这两点更说明她非常清楚自己做了什么。这才是事情的本质。"

"我说过那是因为她的病，她没有意识！"

"请不要打断我！你们可能已经说服了白少明为被告说话，他已经失去了一个孩子，他不想失去另外一个孩子。他也许甚至找到了原谅女儿的理由，可我作为检察官不能原谅，法庭也不会原谅她的。一对母子死了，其中一个被害者还没有满月。他们没有办法发出声音，我要替他们发出声音。再说，你当法官是傻子吗？不错，我承认她的小可怜模样，跟个小病猫似的很招人怜惜。无辜得不能再无辜，看上去很像个受害者，而不是凶手。本来就得了癫痫，不会英语，加上口吃，话都说不清楚；现在再装个精神病。真是配套，顺理成章！"艾澜突然冲我翻白眼，呲牙咧嘴，伸长舌头，模仿精神病患者。挖苦着，快乐着，愤怒着。

"哇，你装得好像啊，我差一点就信了。"我冷冷地讽刺道。

"如果脸皮足够厚、演技足够好的话，是可能的。顺便再教你一招，那就是叫这个孩子说说自己是怎么被虐待的，如果还可以说说自己被性侵害过就最棒了。这一招基本上就是常胜法宝。"艾澜是多疑的，作为一个见识和领教了大量罪犯的检察官，不是那么容易糊弄的。

"要不然你也找个心理医生看看为什么你总是这么多疑和焦虑？我可以给你介绍一个。"我的态度还是可以的，并不全是讽刺和挖苦，还有一些真诚的担忧。

"介绍那个帕金医生吗？你们要知道这是个双尸命案，你们在帮助一个凶手逃避法律！"

"她完全没有动机。"

"我说过了两亿家产就是她的动机。"

"玫瑰不是你说的那种孩子，她不可能为钱杀了两条人命，她到现在还一直用一个很旧的收音机，那种收音机即便在普通家庭都已经绝种了。可她这样的富家女还在用，可见她完全不物质。"

艾澜忧愁地看了我一眼，几乎是用怜悯的口吻说："我现在知道为什么你是社工，而我是检察官了。你怎么这么好骗，总把人想得这么好。"

"而你总把人想得这么坏。"我紧跟着小声，却掷地有声地来了一句。

"我要说多少遍 —— 她连指纹都没有留下，足可见她是有预谋的。精神病患者作案是没有预谋的。"

"那是因为她的睡衣就是包头包脚的兔子外套。因为她的病，她没有安全感，只有藏在动物的外形下才感觉安全。"

艾澜傲慢地讽刺："当然没有安全感啰，所以回家后首先要把那沾有血迹的睡衣烧掉，销毁证据，如果那把凶器可以烧的话，她也会做的。然后再用障眼法换上一件一模一样的睡衣，所以没有人注意她换了睡衣。就像什么也没发生一样，只有这样她才确定自己安全了。多么需要安全感的一个孩子啊！"

"销毁血衣，藏好凶器是因为她的心志被妄想对象控制，她只能服从妄想对象的命令。另外，我可以做证，她的同一款睡衣有几十件。这也是为什么从始至终没有人怀疑她。她是一个病孩子，她要去的地方是医院，而不是监狱。"

艾澜洪亮地笑笑，说："你找的医生能发现这个病，我们找的医学专家，不仅没发现这个病，而且能反驳你的这种理论。相信我，这个孩子会去她该去的地方。"

我明白艾澜的意思。心理精神疾病，人类最黑暗、最神秘、最难以探测的心灵病灶，至今为止的所有研究理论都是借助大量的假定而存活。不能被反复实验与证实的，都不是真正的科学，都有不同的，甚至是相反的推论。

两天后，艾澜开始让步，对比尔说他让这个孩子进行一次测谎试验，如果她通过，他就让比尔以精神病来辩护。他说这话是挑衅，玫瑰是未成年人，有权拒绝测谎，没有想到玫瑰竟然同意，她说在电视上见过，觉得好玩。她还说服父母签了同意书。

比尔和我带玫瑰走进警局的测谎实验室。室内有一张桌子和两把椅子，桌子有一台多线测谎仪。高瓦日光灯照得人心发毛，一点想法也没有了。这间房间来过杀人犯、强奸犯、毒犯，几乎没人可以逃过测谎仪。艾澜和警长已经在那里等着了。

我指着测谎仪对玫瑰说："他们要在你身上绑些线啊、绳呀的，那叫测谎器。测谎器是一种很先进的设备，准确率达90%以上。测谎仪并不能测定说话内容真伪，主要记录下你回答问题时的心理变化。如心跳频率、血压、呼吸深浅，还有因出汗而改变的皮肤电阻，等等，这些会记录在一张类似心电图的纸上。这些都是自主神经系统的作用，并不是可以靠意志力来控制的。所以人家问什么你就真实地回答。"

玫瑰点点头，认真地看着我说："我知道。这个就好像医院检查身体一样，医生也这样给我插上好多的管子。医生检查的是身体的健康，这里检查的是心灵的健康。只要说实话就可以通过检查。"

"说得太好了。"我以为玫瑰会害怕，没想到这个孩子在她最紧张的时候又能不假思索地流露出如此恰当、别开生面的比喻。

艾澜走到玫瑰面前，眼睛像一把飞刀，像是要直击玫瑰内心阴暗的那部分，很严肃地说："我给你一句忠告，一定要说实话。如果你撒谎，测谎仪会显示你在撒谎。不要存有侥幸心理，以为它不过是骗人的把戏。几乎没有什么人可以糊弄过去，当然除了那些受过情报训练的特工。可是我想你不是特工。所以说实话对你很重要。"然后扭头对我说，"麻烦你翻译一下。"

"只要说实话就行了。"我只是非常简短地对玫瑰用中文说。当然语气也被我加工缓和过。

艾澜虽然听不懂中文，也感觉到不对劲，他问："我说了十句，你怎么就翻译了一句？"

"因为另外九句都是废话。"

玫瑰两眼大瞪地看着我们，虽然听不懂，但是她也觉察到这两个大人的争执，她站在一边不说话，像是存心多留一点时间让我们争出是非来。

我、艾澜和警长退出后，现在玫瑰坐在那里，工作人员将测谎器的电极连接在她身上。玫瑰不懂英语，警局专门安排了一个华裔工作人员。他们为玫瑰事先设计了一组问题，起先是一些无关的问题。比如：你的头发是黑色的吗？你今年是14岁吗？你是左撇子吗？你是不是有癫痫？之后才触及关键问题：

"你知道丽莎这个人吗？"

"知道。"

"她是谁？"

"妈妈的情敌。"

"你是不是和你妈妈曾经去过丽莎家？"

"是的。"

"如果你妈妈是凶手，你会站在哪一边：警方，还是撒谎去保护母亲？"

玫瑰想了想回答："为母亲撒谎。"

而这些回答让测谎器那张像心电图的画面平静划过 —— 她在说真话。

"案发当晚你癫痫发作？"

"是的。"

"你恨丽莎吗？"

"是的。"

"你听见一个指令，叫你去杀了丽莎？"

"是的。"

"这个发指令的人是谁？"

"月季。"

"月季是不是你编出来的？"

"不要这么说。月季会生气的。"

玫瑰每回答一个问题，工作人员都盯着记录图。上面一直都是很平静的曲线。这次测验经过了两个小时才结束。比尔他们立刻进来，迫不及待地问测谎人员："怎么样？她没有撒谎吧？她是精神上有问题吧？"

专家指着记录纸上的曲线说："根据电频扫描的情况，她没有撒谎。至少在她的认识里，这个叫月季的人确实存在。至于她是不是精神病并不是测谎机可以测出来的。"

比尔看了一眼艾澜，得意和胜算都有。

艾澜将自己的领带拉松，像乌龟一样把脖子从白领子里伸出，四周转一圈，然后说："精神病并不是测谎机可以测出来的，再说测谎结果在法庭上并不能作为证据。我们还是法庭上见高低吧。"

先是在少年法庭开审，现在检察官又同意以精神病来辩护，我感觉整件事情正在一只无形的大手下，一步一步朝有利于玫瑰的方向发展。顺利得有点让人吃惊！

比尔笑着对正在卸下各种仪器装备的玫瑰说，叫我翻译，"你通过了。恭喜你。"

"有什么可以恭喜的呢，我杀了人。"玫瑰一点也不高兴，"事情再也恢复不到从前了。"

顿时比尔在玫瑰面前惭愧下来，一个律师在一个凶手面前惭愧下来，比尔无语，只能看我，向我求救。

我看着玫瑰塌下来的心情，很慎重地告诉她说："玫瑰，你是在无意识情况下杀人的。"

"那有什么区别呢？我有意识杀人和无意识杀人有区别吗？结果都是我把他们杀了。"玫瑰抹着泪，摇了摇头。

"玫瑰，我知道你心里很难过，但是我们现在谈论的不只是你的行为是不是导致了两条命案，我们谈论的重点是这该怪罪你吗？"

玫瑰看着我，眨了下眼睛，表示听不懂。

"如果你在开车的时候癫痫发作，车子离开道路，撞死了路上的行人。你认为应该怪罪你吗？"

"不能。"玫瑰摇摇头，仍然困惑地说，"可是我杀的是爸爸的情人和他的孩子。"

"正因为你杀的是他们，你认为这件事情的性质变了。你的自责特别重，你的恐惧特别深。你怕的是自己的内心，因为你潜意识中知道自己在恨他们。"

玫瑰点了点头，被说服的样子，渐渐懂得这个案件的另一个性质。玫瑰感到我们是来搭救她的，以她无法理喻的武器。这个武器叫法律。

"而且你爸爸会为你做证，你还担心什么？"

"不要。不要。"玫瑰的头摇得像拨浪鼓。

"为什么？要知道如果法庭有什么疑问，你爸爸将是唯一能动摇他们的人。"

"那样太难为他了。他已经失去太多了。"玫瑰央求比尔说，"答应我一件事：不要为难我爸爸。不管怎么说，我已经让爸爸失去了两个他最爱的人了。我不想让我爸爸做证。那样对他太难了。他心里已经很苦了。"

"好，我答应你。"比尔点点头。

那一刻，我对这个孩子心疼得不得了。

我几乎是郑重地走到玫瑰面前，说："你身上发生的事情本不该发生。我想帮你走出来。我想帮你！"我对她的关爱超过社工对孩子的，她成长中的许多遗憾，大人对她成长中的失职，都让我来弥补。

"你已经做到了。"玫瑰的回答也几乎是郑重的，"从见到你的第一眼开始，我就知道你会帮我。"

SHAONUMEIGUI

少 女 玫 瑰

第十七章

被告席上的应该是我

案件在未成年法庭开庭，所以不允许媒体介入。玫瑰穿着一件白色连衣裙，清汤挂面的头发，低着头，垂着眼帘，眼睛不望人的脸，只看人的脚。知道自己坐的是被告席，知道自己正被人的视线网住，玫瑰像大部分坐过这个位子的人一样，浑身都是别扭，恨不能把自己原本就瘦小的身体缩没了。

　　法官正端详着她的乖巧善良、谦顺娇弱。法官是个上了年纪的女人，有祖母的慈祥与庄严，她的眼睛是那种淡淡的褐色，像黎明时的星星，就是屠格涅夫小说中描写的眼睛。她就用这双眼睛那样看着她，对自己也对别人说，这么好的一个小女孩，俨然一个自家孙女，怎么可能是一个连杀两条人命的杀人犯？这到底是怎么回事？这里面一定有什么问题，她急于了解它。

　　下面的程序就像成年法庭一样。比尔请了玫瑰就读过两个星期的洛杉矶中学的老师和同学，刘妈和洪妍，当然也有温妮，他们都见识过玫瑰的种种病态。比尔请温妮是因为他很清楚，在法庭上没有永远的朋友，也没有永远的敌人。温妮愿意出庭则是那种心理：管他娘的谁是真凶，反正她有好戏看就成，她能参与就好。

　　然后法庭请我出庭做证。我看上去善良正直，像八竿子跟罪恶也不沾边的良民，更重要的是我是社工，我的证词更具公信力。我说了我对玫瑰的各种观察，包括如何发现她的病况，还有那个神秘的小收音机。然后我说：

"这个孩子夺取了一个无辜女子和一个婴儿的命。我们为什么，又怎么可能原谅这个孩子如此罪恶的行为？而我们会，也必须原谅她。因为有一个很合理的解释，就是她的病。这个孩子长期受癫痫病症的折磨，她来美国就是为了治病，然而到美国的第一天，就目睹了父母、丽莎 3 人之间的厮杀，接着就在父母激烈的争吵中过了3个月。目睹父亲的离家、母亲的歇斯底里、同父异母的弟弟的出生，终于她崩溃了。在案发当晚，她的癫痫性妄想症发作了。那个晚上有近 4 个小时之内玫瑰是处于精神混乱期。那被称为癫痫发作妄想症，她被一种不知名的力量驱使着，她感觉受到极大的威胁与恐惧，她开始出现幻觉，不断地听到一个来自月季的声音：你必须去杀了丽莎母子。当我们为自己是一个有知识、有意识的文明人自豪的同时，我们也应该承认生命中有很多我们无法解释的现象，癫痫妄想症就是其中一个。这导致了两个家庭的悲剧，而这个悲剧更是这个14岁少女的。她精神错乱中杀了人，以后的日子她都将在内心的极大恐惧与内疚中度过，那将是无法抚平的艰难挣扎。她现在应该去的地方不是监狱，而是医院。"

最后比尔请帕金医生出庭做证。帕金医生说他对玫瑰检查过，他为这个病人做脑电图时，采用单导，平均电极，双导包括横联、环联、纵联、蝶骨电极，睡眠脑电图等多种方法结合检查，他为她做药物血浓度监测。他每周和她见面三次，每次两个小时。

"有什么结果？"比尔问。

"结果是玫瑰患有癫痫性妄想症。"

"医生，什么是癫痫性妄想症？"

"就是由癫痫病引发的精神病，病人发生意识、情绪、行为等方面的障碍。玫瑰所患的癫痫妄想症就是其中的一种，精神症状表现为幻觉、幻听、幻视、错觉、无名恐惧等。发作时有头痛、腹痛等植物神经性发作的表现。虽然意识并不丧失，但却存在意识障碍，不能理解当时的环境，此类病人虽有意识障碍，但具有某种下意识的自我保护能力。发作时脑电图可见双侧颞、额区痫样放电。这种病态都是发生在患者癫痫发作一个小时后，病人表面上恢复正常，其实进入一种混乱状况。表面上心率、血压、反射、瞳孔趋向正常，昏迷逐渐减轻而清醒，然而事实上却表现精神错乱、恐惧害怕，容易产生幻觉，听到声音。"

"癫痫病人容易进入这种妄想吗？"

"这种症状多发生在癫痫发作后的一到四小时内。那个时候病人身体刚刚从癫痫发作中恢复过来，而意识却没有恢复。他们很容易接受暗示与出现幻觉。玫瑰就是这种情况，她没有按时服药，长期的恐惧让她开始听到声音，那个声音告诉她自己和母亲的生命受到威胁时，她的精神崩溃了。换句我们通俗的话说，她暂时发疯了。"

"她听到声音，这些声音跟她的犯罪有关系？"

"是的，她听到一个声音命令她去杀人。她感觉她必须这样做。"

"就算她听到声音，进入幻觉，得到杀人的命令，但是她将此付诸行动，难道她不应该受到惩罚吗？"

"就是常见的错误：因为这时病人仍然能做简单回答，能开车和使用公共交通工具，一般人会认为他们是正常人。但这时病人所做的事情，并不是可以自己控制的，脑子被一种不知名的力量驱使着。"

"你的意思是发作的时候她完全无法自控？"

"正确，因为没有清醒的自主意识。意识为我们的行为提供了意义。我们知道自己在做什么，在想什么。比如说我饿了，我意识到这一点，然后我吃饭。比如说下雨了，我意识到这一点，我出门打了把伞。我们是有意识的。否则我们则是机械地反应。玫瑰的情况就是这样。"

"那么这种病人发作的时候，即便他不想按听到的指示伤人，那么他可能阻止自己吗？"

"不可能，她失去了自主意识，所以无法自控！"

"癫痫性妄想者杀人的情况多吗？"

"是的，这个并不罕见。根据统计，癫痫患者过半数有暴力行为。癫痫患者发生违法行为仅次于精神分裂症和精神发育迟滞，其违法行为以凶杀和伤害为主。"

"这种凶杀案都有什么特点？"

"这种病人在使用暴力的时候基本上是机械行动，因为病症发作的时候，他们无法做他们有意识时候的事情。有很多更高层次的事情，比如瞄准枪眼，他们无法做，他们的协调能力会差很多。作案后患者对作案经过陈述不清，有明显顺行性遗忘。发生凶杀、伤害的对象是幻觉和妄想内容涉及者。在玫瑰的案件里就是她的假想敌丽莎。"

"那么这样的人对社会有危险吗？"

"他们只要进行治疗可以很大程度地缓解，可以像正常人那样，所以我强烈地建议这个孩子去接受治疗。"

"那你对这类精神病人犯罪后的处置有什么建议吗？"

"一定要接受治疗。在经过系统的内科药物治疗仍然无效后，可以考虑手术治疗。同时需要一个温暖平静的成长环境。"

医生看了一眼玫瑰的父亲，那一眼足以让父母惭愧。

"谢谢，医生。"比尔优雅地退下。

轮到检察官艾澜上前交叉提问，他的脸仍然冷若冰霜，目光锐利，嘴角下垂，表示检察官惯有的对一切罪恶的不共戴天，这里的一切都让他不满意，他现在上来就是要挑出一切的刺。

"医生，你说玫瑰有癫痫病，这个是用脑扫描这些科学的方法检测出来的？"

"是的。"

"那么这个癫痫妄想症也是用脑扫描这些科学办法查出来的？"

"不，这个脑扫描查不出来。"

"也就是说可能是假的？"艾澜阴险地说。

"我不明白你的意思。"

"我是说有可能是装的？"艾澜锋利的眼神再次袭击。

"如果她是装的，我们是看得出来的。那个很难，除非她是医学专家。"

"你见过这种病人发作时伤人或者杀人的情况吗？"

"是的，我说过这种个案并不新鲜。"

"有没有这个可能：她发作时的行为是根据她潜意识中的行为？"

"我不明白你的意思。"

"我的意思就是说玫瑰深藏着杀死丽莎和她同父异母弟弟的愿望，然后付诸行动？"

"这是一个很复杂的理论问题，个案很多……"

"医生，我只需要你回答可能或者不可能。"

"理论上讲，我觉得有可能。"

检察官点点头，为得到了他的这个供认喜在心头。

"玫瑰选择了一个她恨的人作为对象？"

"对，这种患者凶杀、伤害的对象是幻觉和被害妄想内容涉及者。"

"你刚才说到他们发作的时候，他们无法做有意识的、更高层次的事情，比如说瞄准枪眼？"

"是的，他们的协调能力会差很多。"

"那么这样的病人有自控的能力吗？"

"他对自己的行为失去控制的能力。"

"可是玫瑰她选择了对象，然后带着刀到对方的家里，没有在现场留下一点指纹、一根头发，她是武装好出来杀人的。这些不像是失控的行为，更像是有计划的。你怎么解释？"

"癫痫妄想症容易让病人缺乏安全感，所以躲在包头包脚的睡衣里睡觉也是很正常的。"

"那么她行凶后把血衣销毁，把凶器藏好，不仅像是有预谋，而且是高度谋划的行为。你怎么解释？"

"她的妄想对象一直指导着一切行为，被告本身受控于此。她没有自主能力。"

"医生，你可能相信这些，你可不能指望我们也相信这些。"

辩方能请来帕金医生这种专家坐镇，检方也能请来同样重量级的专家为他们说话。检方医生上来就说根据她对玫瑰的检查，她无法确定玫瑰就一定得了这个癫痫妄想症。所有的精神病发作引起的谋杀都是不理智的，而这个女孩展示出足够的理智去计划这一切。她带着刀去，坐着车去，包着手脚进行凶杀活动，回来又将凶器藏得这么隐蔽，血衣销毁得无影无踪，这绝对是有预谋和计划的。

检辩双方的两个证人证词就像过招，你一拳我一脚，暗藏着针锋相对，心照不宣。休庭后，法官走出法庭，面色沉重，心事重重：哪边的证人证词更有说服力一些？哪边才是真相？

白少明夫妇匆匆忙忙跑来向比尔了解情况，比尔说："现在很难说。"

"那现在还有什么办法可行吗？"

"有。"比尔犹豫了片刻，还是决定说了，"不过玫瑰叫我千万不要用这一招。她说那样会太为难你了。"

"快说，是什么？"

"就是你出庭为她做证，但是我答应过玫瑰不用这招。她不想你为难。"

"是吗？这个孩子是这么说的吗？"

于是就有了以下这一幕，在法庭上比尔宣布："现在我们要传下一个证人。"

白少明进来了，迈着方步就上来，脸面凝重，充满了一个慈父的正义和能量。他是有备而来的。下巴颏剃得很光，露出铁一样的青色。他走得很急，不像是去做证人，更像是要劫法场，他要将他唯一的孩子从这里救下来。

玫瑰这才意识到谁来了。她向父亲望去，再看了眼比尔，是问他怎么回事。比尔捏了捏玫瑰的手，表示一切都在他的掌握中，一切都被他掌握得很好。

然后白少明讲述了玫瑰是一个多么善良的孩子，有时候他和她妈妈吵架，因为丽莎的事情，玫瑰总劝她妈妈别和他吵了。玫瑰不可能在意识清楚的情况下杀害丽莎母子。事情只能有一个解释，就是她的病。

轮到艾澜对白少明发问。他站起来，理理衣服，风度翩翩地进行他的声讨。艾澜素以攻势凌厉著称，为达到目的反复追问，旁敲侧击，证人最终无法回避。

艾澜站在白少明面前，两双眼睛一接上头，他就感觉到对方的厉害。艾澜一发问就是声讨，白少明一作答就是应战。

"白先生，你不相信你的女儿杀害了丽莎母子？"

"我想玫瑰是在她病情发作的时候冲到丽莎家里。"

"你怎么知道她是怎么想的？你又不是她。"艾澜的轻声问话中露出匪气。

"我是她父亲，我知道。"白少明的声音里带着独裁的霸道。

艾澜换一种问法，他问："你女儿刚刚从中国来美国与你们团聚，是吗？"

"是的。"

"在这之前你们分开了4年？你只是每半年去中国看望她一次，对吧？"

"是的。"

"所以你并不那么了解她？"

白少明在片刻的犹豫后才吞吐道："可能吧。"

"所以你并不知道她有一次偷了同学的画板？"

"不知道。"

"所以你也不知道她在新学校里与人吵了一架？"

"不知道。"

"所以我是否可以得出这样的结论：她的行为你不知道。"

白少明激动了起来，他对大家说："不，检察官先生，你所得出的结论只能是：一个父亲对自己的女儿疏于关心，我背叛了家庭，导致了两个家庭的不幸。检察官，今天坐在被告席上的应该是我！是我！"

艾澜没有想到会是这么一个回答。白少明的回答竟是那么入情入理，艾澜求证地看了白少明一眼，突然被这位父亲说动了似的。

SHAONUMEIGUI

少 女 玫 瑰

第十八章

少女的童年心愿

比尔和他的团队就案件又进行了一遍讨论：检方还会请出什么专家证人？他们还有什么法宝？我们应该怎么应对？玫瑰还是老样子，木木地呆坐在一旁。我想：无知者无畏，她大概还没意识到这个结局带给她命运的改变。我每每一会儿就会忙里偷闲地看一眼在边上坐着的玫瑰，给她一个微笑，不冷落她。大人们吵成一片，玫瑰很安静地呆坐在角落里看着大人吵，乖得像木偶。她知道他们在为她争吵，但是她听不懂。听不懂使她沉静，不发言，不加入意见，有种聋哑人的耳根清净。

　　比尔正是因为看中了玫瑰的聋哑人的素质，冒出一个让玫瑰上去做证的想法。他对我说："为什么不让玫瑰自己上去讲她的故事呢？"

　　我看了一眼纯到发蠢的玫瑰，再看一眼精明的比尔，立刻就否定了，"我不认为这是一个好的主意。她甚至听不懂一句英语，她怎么回答？一个不懂英语、口吃的小姑娘怎么经得起检察官的凌厉问话？"

　　比尔把脸转向玫瑰，故意把语气放慢，声音放大，一字一句地说："我想让你上去做证。你是不是完全听不懂我在说什么？"

　　玫瑰连忙求救地看着我。

　　"她只是外国人，她又不是聋子。"我对比尔说，"这么大声没用。"

比尔降低音量，仍然是缓慢的语速，比尔面部表情只有三种，严肃，极为严肃和不太严肃，他用他不太严肃的表情询问："你觉得你能完成这项工作吗？我们可以指望你吗？"

然后用他自以为的、尽可能的缱绻柔情的目光看着小女孩儿，玫瑰用紧巴巴的英语"Pardon（原谅）"，请比尔再说一遍。

比尔又说了一遍，玫瑰这次连"Pardon"也不好意思再说了，稀里糊涂地点点头。

我连忙对比尔解释："她点头只是代表她在听你说话，并不代表她认同或者她听懂了——这是我们亚洲人的表达方式。对不起，让你误会了。"

比尔苦笑，被他们之间完全无法交流的状态搞得哭笑不得。

我又转过来对玫瑰说中文："听不懂的时候不要瞎点头，这是美国。"

玫瑰就呆在那里，挫伤得很，灰心得很，再也不说话了。

"现在你听懂我的话了，你可以点头。"我心里叫苦，这个孩子表面看起来乖巧伶俐，其实是如此不机灵而且迂。

玫瑰只能求饶地向大人笑笑，两只脚微微地往里歪，所有的人都感觉到她的不自在，都饶了她。玫瑰的招人疼惜之处就在于她对自己的可爱可怜之处全然无知。

这正是比尔决定让玫瑰出庭辩护的理由，他只让最聪明和最愚蠢的人出庭。聪明的人知道保护自己，而愚蠢的人可以让别人保护她。他对我解释道："正因为她口吃，她不懂英语，所以重点不在于她说了什么，而是她这个人。一个病孩子往那里一坐，就是一个记号。谁会相信一个一口流利英语、活蹦乱跳的孩子呢？而一个口吃、有病、不会英语的无辜孩子，谁又不心疼呢？"

"你的意思是她做证可以博得同情？"

比尔点点头："她要再情绪一些更好。她的情绪就是取胜法宝。"比尔与我开玩笑，"如果她在法庭上也发作一次就最好了，这样就不会再有人怀疑她。"

我俩再看这个小女孩，仍然一副对大人的计划全然不知的无辜表情看着我们。我想了想，把利害关系想清楚了，然后对玫瑰用中文说："玫瑰，我们需要你上去讲你的故事。"

玫瑰低下头，两只脚又开始不自觉地向里摆，"我怕，我什么都不懂。"

"没有关系，你只是上去回答问题。"比尔说，我翻译。

玫瑰信赖而茫然地看着我，像是请示大人的批准。我对玫瑰点了点头，玫瑰就对比尔也点了点头。玫瑰对我比对自己要信赖。我的决定肯定不会错。

我像少年人一样，把心里的紧张以耸耸肩的方式带过去，一副没什么大不了的样子。我早已经过了耸肩做无所谓状的年纪，可我不知道不这样怎么才能让面前的少女觉得不过是小事一桩，一切都会好的。我又耸耸肩说："你就上去讲你的故事。你怎么告诉我们的，你就怎么告诉法庭。"

其实我说这话时心里在想：会不会事与愿违，弄巧成拙？玫瑰的弱不禁风到了证人席上会不会粉身碎骨？

明天一大早就要出庭，已经凌晨一点了，我还在想这事。这时电话突然响了，电话那头的洪妍的声音已经哭得跑了调，我问出什么事了，是不是玫瑰出事了。洪妍说玫瑰将自己砍伤了，玫瑰又发作了。我放下电话就赶了过去。

玫瑰从医院出来后的那天就跟父母回了家。现在，父母对玫瑰比以往任何时候更关注和疼爱，病孩子总能得到父母格外的照顾，更何况他们认为自己对玫瑰的病情恶化负有责任，他们更加用心呵护。

这个晚上一家人坐下吃晚饭，"今天哪里不舒服吗？"白少明总是带着一点紧张的神情问。

"感觉怎么样？"洪妍像是不放心玫瑰能把自己表达清楚，一项项问过去，"头痛？腹痛？眼睛看得清楚吗？"

这对夫妻又像回到初为人父、人母的时刻，对孩子百分百地关注与紧张，拼命地想看出孩子有什么需要他们照顾的。

玫瑰说自己一切都好，吃完饭后就回屋睡觉去。父母本以为这一天就可以这么风平浪静地过去。因为第二天要开庭，大家早早地睡下。洪妍半夜起来上厕所，看见女儿房间的灯还亮着，推开门一看，没想到玫瑰竟然拿着一把小水果刀自残。

我赶到后，看到玫瑰的样子也倒吸了几口凉气。玫瑰的两只胳臂都被切得伤痕累累，脸色灰白灰白，两眼发直，没有焦距。一副灵魂出壳、形在神不在的样子，口中喃喃而语，双手摸索，在地上来回徘徊。

洪妍痛心地向我解释："她像砍萝卜一样砍自己。如果不是我发现得早，她还会接着切下去。"洪妍向我亮亮手上剐伤的刀口，那是她抢刀时留下的。

玫瑰仍然不看任何人，眼睛流散成一摊黑暗。我问她，她不答；父母问她，她也不答。我走入这双没有焦距的眼的中心，眼睛寻找着焦距。我问："你为什么这样做呀？你知道你这样叫你父母多心疼。"

玫瑰像是灵魂附体了，犹豫了几秒钟："她叫我做的。"

"月季？"

玫瑰点点头。

"她又对你说话了？"

玫瑰又点头。

"她为什么叫你做这个？"

"因为我不乖，将她的事情说了出去，她生气了。"

"她又来找你了？"

"就像广播一样，一天24小时播放，一周7天，不间断。"玫瑰眯起眼睛，缩着肩膀，心魔作祟。

白少明打断女儿，摇着女儿两只瘦弱的肩膀："玫瑰，你快醒醒。那是你的幻觉。根本没有月季，那是你想象出来的。"白少明快被女儿急疯了。

白少明听到玫瑰着急地反驳他："爸爸，不要这么说。月季会生气的。如果她生气，她会做出许多可怕的事情。"

洪妍哭："玫瑰，你到底怎么了？你不要这样吓妈妈好不好啊。"

所有大人全是害怕和痛心地看着她。

白少明看着我，请教和咨询："明天还出庭吗？她这个样子怎么出庭？"

出庭？白少明的这句话提醒了我。不是正为玫瑰出现妄想症的证据不足头痛吗？现在她两只胳膊上的伤痕不是最好的证明吗？明天的出庭有了几分胜算。我为玫瑰心痛的同时也豁然开朗了。玫瑰这病犯得也算是"及时"了。这个苦肉计虽然不是事先谋划的，却比预谋还像预谋。

于是次日就有了玫瑰出庭的那一幕：

法官看着这个哪里都是单单薄薄、尚未发育成熟的女孩子轻步走向证人席，就座时用手轻轻抚了一下裙子，坐好，然后微微抬起头。证人席太低、太大，而玫瑰又太矮、太小，坐上后显得很低，身子向前倾，头向上仰起，有点吃力的样子。她上仰的小脸儿露出的自卑和胆怯，使当时的整个法庭被牵动。正如一只受伤的小猫儿失足掉在他们面前，她的整个表情就像小羊落到猎人陷阱，那种身不由己。法官怎么可能不心疼呢？

法官看着她的一系列动作，喜欢她的害羞与拘谨，俨然一个自家的小女孩。只是一直没有看见她的眼睛，她让它们躲起来。一个人如果不想让你看见她的眼睛，你就看不见。

法官一个锤子下去原本是宣布开庭，把靠近她的玫瑰给吓了一跳，两个消瘦的肩膀微微一颤。法官也以异常亲切的语气说："你还好吗？"

玫瑰点点头，收拢一下自己的手脚。

由于玫瑰不懂英语，法庭为她请了一名翻译。比尔站起来，看着玫瑰。真像比尔所说的，玫瑰说什么其实并不重要，她往那一坐就是一个记号，她就是一个机关等待着奏效！

"你去过丽莎家里吗？"比尔用英语问，翻译员译成中文。

"是……是的。我……我必须去那里。不然，不然，我和我妈妈就会有危险了。"玫瑰用中文回答，再经人翻译成英文。

"来，说一说你和你爸爸的关系。你觉得他爱你吗？"

"以前爱，后来有……有了小弟弟后，就不爱了。"玫瑰显然很紧张，她一紧张就结巴。

"为什么？"

"因为他是……是健康的孩子。而我……我有病。"玫瑰长长的睫毛跟羽毛扇似的哀怨地一扇，垂了下来。那种羸弱的本质展露无遗。

人们的目光一下子就柔弱起来，那种对身患疾病的可怜孩子的怜爱目光立刻就绪。小女孩儿如此认识自己，不抱怨，只是默默地接受现状，默默地接受自己。楚楚可怜地让整个社会为她心疼。玫瑰最让人心疼之处在于她对自己的楚楚可怜浑然不知，更不当回事。

"案发当天你是不是也发病了？"

"是的。"玫瑰抿了抿嘴唇，眼皮垂下，进入沉默。

"能向我们描绘一下当时的情景吗？"比尔拿眼睛重重地看了一眼玫瑰，眼神既是鼓励又是推动。他要她细细讲出始末。

玫瑰小小的清秀的脸微微仰起，迟疑了一秒钟后说："我喜欢生病，因为……只有我生病的时候，爸爸妈妈……才会都守……守在我的身边。小……小时候我会穿着内衣裤站在冬天的院子里，因为那样……那样我就会生病，那么爸爸和妈妈就会同时守在身边，我觉得好幸福，如果可以，我希望……自己可以就这样病……病下去……"玫瑰轻柔的声音在法庭的强词雄辩中是一曲清唱。眼泪在她眼眶里打转，她拼命忍着不让它们落下，终于它们积聚太多，一颗一颗地往下掉。一种凄美被她无心地演绎得很好。

法官尚未听懂这个孩子在说什么，只看见她眼眶里闪着亮亮的泪珠，在她面前一颗颗跌落下去。法官表面镇定，心里疼爱地看着她的眼泪由一颗变成两颗，再变成四颗、八颗。法官已经因为她的忧伤心里酸胀起来。当翻译成英文时，她感动得更彻底了。她心里最后的一道防线、一道疑问，像根琴弦，断了。

我心里惊呆了！太奇妙了！律师对小女孩的暗示，小女孩竟然懂得。他们没有交流却心领神会。作为社工，我知道法庭爱听这样的故事。不是所有有童年阴影的孩子长大都有问题，但是所有的问题少年都有这样那样的童年阴影——至少在我工作中接触的孩子中无一例外。我希望玫瑰把故事尽量讲得称他们的心。因为我们要依仗玫瑰的这个带着创伤意味的童年故事去博取法庭的同情！美国人特别喜欢"忆童年"这一手，中国人忆苦是为了思甜，而美国人忆苦则是为了控诉，是说他们今天的处境有那段不幸童年的喂养，有整个社会的责任。

"那天晚上我……又发作了，可是等我醒来时，却……却发现妈妈爸爸都不……在身边，只有我一个人在……家里。我感觉非常危险，感觉他们要来杀我。他们，他们拿……拿着刀已经来……了，就站在那……那里。月季，月季对我说去杀了他们。我必须去杀了他们。我也不知道……怎么回事，我就去了，我必须这样。我……我没有办法。"

"玫瑰，可以看看你的胳膊吗？"

玫瑰犹豫了片刻，比尔又用目光鼓励她。然后玫瑰只能是羞涩地，甚至是不得已撩开袖子，亮出自己伤痕累累的两只胳膊。她是把自己当作一块伤疤亮在比尔和法庭面前。

"你为什么伤害自己？"

"月季叫我这么做的。"

"为什么？"

"因为我不听话，把她的事情说出来了。她生气了。她生气的时候很可怕。"

比尔点点头，意味深长地看了一眼法官，然后回到自己的位子上。

艾澜把领带拉松，脖子四周一转，意思是他来了，他要出击了。然后突然从位子上"噌"地站起来。

"月季？"艾澜很玩味地重复了这个名字，"你认为法庭会相信这些吗？你认为你在做完这一切后可以理所当然地获得自由吗？"

玫瑰的黑眼珠伤心地一抖，是孩子遭到大人不公正批评而自己又无力辩解时带有埋怨的委屈。原本就低着的头再低下去，由衷地罪过起来。

"我反对。这提的是什么问题？"比尔对法庭抗议，脸上却是不动声色的激动。这个老谋深算、久经沙场的大律师知道自己在法庭上摆设了什么，看着艾澜一步一步进入了他的埋伏。台上的场面就像一只凶残的怪兽和一个可怜的卖火柴的小姑娘。正如他期盼。

法官也有点愁眉摇头，认为检察官这样对待一个孩子有点狠。

艾澜两只手晃了晃，自己也不喜欢自己的角色。仿佛心里有愧的是他而不是玫瑰。艾澜冷若冰霜的脸柔和下来，低声说："恢复意识和记忆后你有没有去自首？"

"没……没有。"

"为什么？"

"因……因为月季不让。"玫瑰低低地说，脸上的表情很神秘。

"那么藏好凶器与销毁血衣更是她命令你的啰？"

"是的。"

"你以为我们都是傻子，你说：月季不让，都是月季叫你做的。我们说：没事了，孩子那你接着看电视去吧。那是两条人命！事情不可能这么不了了之。"

"对不起！真的很对不起！"

"你编了一个月季！？"艾澜盯着玫瑰问。成为检察官他首先学会的是去盯犯罪嫌疑人的眼睛。无论对方什么种族、背景、身份和年纪，就这样死咬住对方的眼睛，直到对方发虚。

玫瑰也很绝，直视回检察官的眼睛，进行精神叫板，着急地辩解："不……不要这么说，她会生气的。"

"是吗？她生气了会怎么样？"

"如……如果她生气了，后果很严重。你不知道她下面会做什么。我害怕她，你……你也应该害怕她。"玫瑰悲悯地看着艾澜，犯愁地说。她深深地同情艾澜的无知者无畏。

"是吗？那你叫她来找我吧？！"艾澜带着匪气地挑衅，"我和她正好可以好好地聊一聊你。"

"相……相信我，你不想认识她。"玫瑰语重心长，声音沉稳，让所有的人看到她对自己的诚实绝对负责。

"接着编，接着骗，看你还有什么花样！"

"我没有编，我没有骗！有月季！有月季！"玫瑰着急地辩驳，气得小脸发青，突然牙关紧闭，发了一声羊叫。

帕金医生意识到不好，这些都是癫痫发作的预兆。刚叫了一声"停止"，就见玫瑰意识丧失，头后仰，全身肌肉强直性收缩，跌倒在地，全身抽搐，口吐白沫，两眼上翻。

艾澜如此激烈地与她争议她的妄想内容，轻蔑地告诉她，她所沉浸的世界全是编的，激怒她的情绪。玫瑰受这一刺激，癫痫当场发作，再次被送进医院。

法庭瞬间如同被劫后的疾痛惨怛的空室，各种争辩，各种情绪，都空了下来，只剩下玫瑰的斑斑印迹。不仅法官彻底被她征服，就连艾澜顿时也立场不坚定了。

果然事后法官宣读："被告玫瑰并没有犯罪，理由是她不需要对癫痫引起的精神错乱发狂负责。我现在宣布玫瑰进入州立精神病医院做进一步的治疗，直到确定她对自己、别人没有任何危险。"

我把这个消息带到医院，告诉在病床上的玫瑰："玫瑰，等治好了病你就自由了，像小鸟一样。"我的身体集聚着一个拥抱。

玫瑰狠狠地点着头，说："兰姐姐，谢谢你！没有你就没有今天。"

然后她一头扑到我怀里，填充了我的拥抱的形态。

SHAONÜMEIGUI

少 女 玫 瑰

第十九章

会几句外语有用

一个月后我向精神病院了解玫瑰的病情，院方告诉我她的病情控制得很好，出奇的好。我想给她一个惊喜，事先不告诉她，买了一束玫瑰和帕金医生一起去看望她。这个孩子，因为我的真诚和细心，命运有了改变。我兑现了这次实习时对上司的承诺，我相信玫瑰成年后会因为当年认识我而欣慰。这种心理的满足感和自豪感，让我一路上脸颊红得厉害，振奋又骄傲，却得收着、敛着，于是绷在脸上的是一种来路不明的甜蜜。

　　到了医院，由于错过探访时间，医院拒绝我们进去。很遗憾，就在离开的时候，远远地看见一个少女在电话厅打电话。她将外套抱在臂弯里，她不是热了，宁愿冻着，也要保持风度。少女姣美秀气的身影很像玫瑰，但我知道那不是玫瑰，因为这个少女正对着电话筒讲英语。那种没有外国口音的纯熟英语。

　　我再近些时，特地定睛去看这个少女。这时少女转过身来，我眼睛突然大起来，再小回去。我这才确定眼前的不是别人，正是玫瑰。

　　少女看见我，她看见我看傻了。她冲我一笑，摆了摆手。就像我所看过的舞台剧表演结束，演员摘掉面具出来谢幕，与观众见面。

　　我瞪大眼睛，笑容僵在脸上。也就像那些还沉浸在精彩舞台剧中的观众，不敢相认。女孩笑里的妩媚和冷艳正是我不敢相认的原因，玫瑰是那种美得不自知的，是安静悄然地美着，现在这样大张旗鼓的艳丽，让我感到恐慌不安。

"谢谢你让一切变得如此顺利。"玫瑰竟然讲得一口地道、漂亮的英语，而且成心像莎士比亚笔下的人物那样拿腔拿调，说"Many thanks indeed（万分感谢）"这种文绉绉的英语，像是特意跟你耍嘴皮子，开玩笑似的。

"玫瑰。"我禁不住叫她的名字，被猛地刺到似的，然后盯着玫瑰的眼睛，我在玫瑰美丽的眼睛里找一样东西 —— 阴谋。玫瑰的眼睛是那么清纯无辜，某种阴谋却使它可怕起来。

"你……你？"我就像粤剧中的悲情角色，在受极大伤害与欺骗之时只能这样"你……你……你……你"，不说下去，也说不下去。"你"这个词包含的太多太多，不包含的更多更多。不包含的，对方自己填充去吧。

"如果她在法庭上也发作一次就最好了，这样就不会再有人怀疑她。"玫瑰竟然准确无误地重复比尔的话，又重复我的那句玩笑话，"会几句外语还是有用的"。

我半张个嘴，愣住了。少女的话比她的笑更让我心里发凉。

玫瑰却忍不住笑了，那种美国式的皓齿咧嘴的笑。她的兰花指和笑不露齿的东方典雅羞涩通通不见了。毕竟是个孩子，看到自己的小伎俩得逞，她按捺不住，想笑，想显摆。现在她倒成了观众，看我的各种表情，她很满足。演员要从观众的表情中感受自己的精彩绝伦。我凝视着那丝挂在清纯脸庞上的狡狯笑意，感觉到彻骨的凉意。

我正想问什么，精神病院的看护已经将玫瑰带走。玫瑰临走还冲我俏皮地挤挤眼睛，嫣然一笑。像是小孩子捣蛋后的一个鬼脸，更像是小女子得逞后的媚笑，玫瑰是笑自己一路有惊无险地走过来不容易。现在那笑让我从彻底糊涂中又彻底地清醒过来。

我仍然冻在那里。我们看到的一切都是她让我们看到的，我们认识的玫瑰是她愿意让我们认识的。不懂英语从始至终是这孩子的一出戏，她设了一个局，把所有的人都骗了进去。人们由此真心相信她的呆，她的笨和她的纯。她骗我们的应该远不仅这些？！

　　"天啊！"我上了当似的摇摇头，然后又惨又傻地苦笑一下。我记得玫瑰问过我如果她骗了我，我会原谅她吗。原来她是叫我提早做好心理准备。可我根本没有想过她会把我骗得如此狠，如此绝。她那点预防根本不足于抵御如此巨大的欺骗。

　　恍然大悟的不仅是我，还有帕金。他站在我后面，木讷地看着少女离去的身影，忘了呼吸，再呼吸时已经是大喘气了，像是被人当头一棒后的天昏地转。帕金这个犹太医生被这一棒打懵了，竟满嘴乱诌："耶稣基督！"

　　我们都希望女孩能回头看我们一眼，我们或许能从那一眼中得到一点线索。少女再也没有回头，将我们永远地留在困惑的泥潭里。

　　帕金瞪着眼睛问还在发呆的我："玫瑰会英语？"

　　"如果你能听懂她在说什么，那么就是英语。"

　　"她的英语比你的听起来纯正多了。"

　　"可不是吗？"我还愣头愣脑地教她英语，纠正她的三Q，蛋Q。

　　"到底怎么回事？"

　　"她跟我们捉了回迷藏，跟法律捉了回迷藏，跟世界捉了回迷藏。但是她是怎么糊弄过去的？我、你这个心理医生，还有测谎仪都被她耍了。"

　　"既然她都有本事杀人，那么她有别的本事也不足为奇。"

　　"看来是这个样子。"

帕金突然盯着我，眼神与语气都是揭露性的："你怎么可能不知道？"

我真是比窦娥还冤，愁眉苦脸地瞅了帕金一眼，委屈地辩解："我发誓，我真的不知道。"

"可是你相信了她。"

"你不也相信了她？"我尽量轻声而悄悄地说，但意思仍是尖锐的：上当的何止是我。

顿时帕金比我更无地自容。他一直强调如何透过表面看实质，如何看平川三万丈以下的岩浆。这么有学识而深刻的长者完全没有看出一个不经世事的14岁小女孩的弥天大谎，现在谎言被赤裸裸地揭穿，他赌上的不仅是学识和经验，还有良知和尊严。玫瑰，对帕金医生及他崇尚的心理学是一个讽刺，一个挑衅，一个颠覆。我没有胆量在这个关头去看这张变了几层色的脸，我甚至担心如此沉稳的男人那三万丈以下的所有创痛要被刺激复发了。

帕金医生也不看我，也是没有胆量。他也可怜我：这个一腔热情、悲天悯人的小女子，在她假定的社会冲突中，总是希望扮演救死扶伤的角色；渴望以自己年轻而力单体薄的身躯去帮助社会，挽救他人。她以为救死扶伤能让她找到非常好的感觉，或许她还指望着这种美好感觉活出她的人生价值。她深入虎穴希望救出一只小猫咪，结果是一只虎仔，一救出来就先咬了她一口。现在她被咬得鲜血直流。更可怕的是，她还伤及无辜，拖上他一起上阵，一起被咬。

"孩子要么特别的诚实，要么特别的——"帕金想了一想，似乎是思索一个合适的词，思考中渐渐地体会被骗的羞耻，最后他说，"特别的——聪明。"

"你的意思是狡猾？"

帕金冷笑："那就取决于有没有用对地方。"

我们都急于离开医院，离开玫瑰，也离开彼此，离开这个现实！我们没有告别，太窘了！我们带去的玫瑰花早已在我们惊吓中失手撒了一地，也碎了一地。

不知道帕金医生回到家后如何进行自我调适，我只知道我回到家里，仍然感觉玫瑰的身影无处不在，这个书架是她理过的，音乐是她放过的。玫瑰的气息长久地存留下来。我生活在她的气氛下，就是不知道这个曾经和我同吃同住的少女究竟是谁？！

我没有和帕金医生联系，因为尴尬和无颜，还有惭愧；他也没有和我再联系，大概除了尴尬和无颜，还有责怪。他培养了我这么个学生，最后又栽在我这儿，等于栽给他自己。我暗里让他吃了这么一个大亏，一世英名不保。这种想法让我更不敢和帕金医生联系了。

这一天我去图书馆还书，图书管理员接过我的图书证后，笑着说："最近你借书量相当高啊。"

"啊？"我想自己很久没来了。

"你的表妹来帮你借了不少书。"

"表妹？"我连忙问，"是不是一个小女孩，14岁左右，长头发，个子小小的，长得很清纯的样子。"

"是的。那么小的孩子，借那么难的法律和医学书籍，我当然就注意上了她。问她，她说是帮你借的。"

既然她说是帮我借的，那么我决定将图书证上玫瑰曾经借过的那些书籍再借回家。等我把这些书籍翻阅一遍后，才知道事情出了大差错。这里面千差万误的巨大荒谬，其实是一场处心积虑的阴谋。

这些关于精神病的专业书籍那么详细地描述了癫痫病的各种

后遗症、妄想症的病例分析那么具体：什么样的体温，什么样的表现，什么样的症状，维持多长时间，通通有具体而细致的描绘。

像你小时候的家有几扇窗户？你数窗户的时候是站在里面还是外面？像这些情绪有名字吗？书里不仅有问题还有答案分析。更重要的是我在一本叫《心理心计》的书中读到这么一句话：被灌醉的小兔子。多么、多么生动而熟悉的台词啊！

还有那些关于刑法的书籍，玫瑰也一定精读了。关于癫痫患者违法的司法精神医学鉴定分析让她非常清楚如何借助自己的癫痫病乔装成精神病逃脱法律的制裁。

我终于明白玫瑰在我家如何度过：以为玫瑰真像一只美丽的玫瑰花儿插在花瓶里安静绽放；或者像家里养的小狗小猫，早上它是那个姿势，晚上回来它还是那个姿势。现在再含糊不过去了，水落石出了。在我离家上班后，玫瑰就开始查看我的所有书籍，或者到大学图书馆里研读法律大典，查找关于癫痫妄想症的各种资料，然后玫瑰就按着剧本演戏，引我就范。

她具有与她年龄不符的深藏不露的智慧，更具有与她年龄不符的危险多谋的城府，只是运用她清纯稚嫩的外表，缔造了这一幕幕景，演绎了这一出出戏。指望自己年少无知能彻底击垮成人社会的所有的情感与道德。

我想起自己对玫瑰讲美国的陪审团制度，玫瑰的大眼睛一扑一扑的，那么无辜困惑地望着我，揣着明白装糊涂故意说些诸如"美国的陪审团为什么是12个人？是因为美国人喜欢12这个数字吗？"，或者"这12个人都是好人吗？"。她的语言总是那么稚拙天真，其实它是成熟善辩的，而且具有巨大的弹性和疑惑性，就像玫瑰本人。全是她在卖萌，故布迷阵，迷惑所有人。更准确地说，她就是那个迷阵本身。

其实细想来，玫瑰也有蛛丝马迹可寻。玫瑰叫我唱《鲁冰花》的那个晚上，点出"你以前是合唱团的"，那是她的口误，我应该没有告诉过她，她是根据对我的调查得知我与《鲁冰花》的关系。而我当时根本没有在意。

她表面上在说最简单的话，其实很多时候有弦外之音，只是我没有听出来。玫瑰说过这样的语录：表演是一门学问！演员为什么赚那么多钱，只是因为他们会演戏！现在我顿悟到语录之精辟！人这一生多少的逢场作戏，真戏假作，更假戏真作。玫瑰真正达到人生如戏，戏如人生。

这是一笔天大的错账，我要一笔笔地查找，看到底错在了哪里。

正好我有一个中学同学在上海公安局工作，我请他帮忙了解玫瑰12岁那起绑架案。我同学说："这起案件很奇怪，按理应该是熟人作案，可是调查了所有的周围的人，都没有线索。"

我说："有没有这么一种可能性，就是玫瑰自己绑架了自己？就像是恶作剧！"

"我们也猜测过这种可能，可是根据绑匪的电话来判断是操持香港口音的广东话，而且是成年男子的声音！而且我们后来盘问玫瑰，她也能把绑架的过程说得有鼻子有眼，每一个细节她都能讲得天衣无缝。"

我听到这里，两个眼睛往上一翻。那个绘声绘色，那个声泪俱下，我都领教和见识过。我说："说不定这一切都是玫瑰在自导自演。"

"那是你大胆的假设，办案要讲证据。玫瑰这样做的动机是什么呢？"

"谁知道这个孩子在想什么呢？为了多500万人民币的零用钱？为了父母回到上海陪她？为了注意力？为了恶作剧？"

"你不是认识她吗？"

"我不认为自己认识她，这个孩子跟别人不一样，她脑子有问题。"

我同学不以为然地说："我们当然知道她脑子有问题，不然她也不会进精神病院。"

也就是在这时，玫瑰上海中学的班主任度假回来给我回了个国际电话。我说："您的声音听起来很愉悦。"

"不仅是愉悦，而且是激动。"她说。她收到了一份神秘礼物，欧洲旅游全程五星级享受，根本不是一个中学教师可以负担的，她一开始以为是诈骗或者恶作剧，去旅行社问了才知道是真的。

她又说："可能是教过的某一届学生送的，教了几十年的书，有些学生现在已经是社会栋梁了，只是这个学生匿名，信封里只夹了片玫瑰花瓣。大概是赠人玫瑰手留余香的意思。想到这一点让我觉得做教师是件很幸福的事。"

我问玫瑰的情况，老师说："玫瑰成绩一般，话也不多，更没有突出的功课。不用功，不努力，还时常不完成作业。有钱家的孩子都这样，觉得没有必要努力、奋斗了，其实很浪费天赋！"

"什么意思？"

"你看这个孩子一上台表演浑身是戏就知道了。玫瑰是学校文艺团的，最擅长各种模仿秀。演什么像什么。模仿各地方言可以假乱真。她还表演癫痫发作，把我给吓的。"

"表演？"

"有一次她功课没有做，我留她堂，不完成作业不能回家。她突然癫痫发作，全身发抖，口吐白沫，我吓得赶紧给急救中心打电话，救护车来的时候，她躺在担架上对我说：老师现在我不用留堂了吧。我看她那癫痫发作有一半都是表演。"

听到这，我在电话里呻吟了一句："那是她的拿手好戏啊！"

"我做了几十年的教师，可以允许学生愚蠢，也可以允许学生懒惰，就是不允许学生浪费天赋。知道吗？她出国前学校进行了一次IQ测试，你知道她的分数吗？175！天才少女！可惜她出国之前分数没有出来，她可能都不知道自己天赋异禀。"

"老师，这个您不用担心。我想她知道，她只是不想让我们知道她天赋异禀。"

"为什么？"

"太危险了。就像您家里有一颗夜明珠，你会让全世界都知道吗？还不拿块布把它掩盖住？"

"也是，可我就是可惜她会浪费天赋。"

"她的天赋，她的机智一点没浪费，只是我们不知道。"

班主任想了想说："也许是吧，如果不机智也不可能从绑匪那里成功脱险。"

最后我问："玫瑰的英语如何？"

老师愣了下，因为她没有想到我对玫瑰如此无知，她用极纯正的英语回答我："你不知道我们这里就是英语学校吗？"

我现在一步一步接近真相了，却也发现这个账本本身就是一个假账，那就不需要查了。

兰溪啊，兰溪，你也算是阅少年无数，你也见过人世间的无情无义，阴险与卑劣，怎么败在一个小孩子手上了？我不愿再想下去，再想就把自己全盘否定了，我再也经不住这种否定了。

SHAONUMEIGUI

少 女 玫 瑰

第二十章

少女你到底是谁

之后有一段日子我元气大伤，每天都在追悔，不仅是受伤，还感到受辱。白天麻木地过一天算一天，脑子是一片空白，没有感觉，没有想事情。而晚上却经常做噩梦，就是丽莎母子惨死的样子，而我帮助了一个凶手逃脱了一切。一个哆嗦吓醒，在惊恐中喘着气，深深的抵触锁在我的眉宇间。

　　这一天我突然接到玫瑰的电话，由于她签证的问题，她必须回中国接着治疗。因为她已经接受过一段时间的治疗，病情得以控制，医生允许她转到中国去继续治疗。我听了这话，就知道她其实是告诉我她自由了。玫瑰说自己和爸爸妈妈马上要回中国了，希望走前能见上我一面。我说可以。玫瑰又说，在哪里见面？我能去你家吗？我想了想，说咱们在外面见吧，在我们这个购物中心的星巴克咖啡厅见。

　　我见玫瑰带着使命，就是想搞清楚这个孩子到底是怎么回事，为什么要把我骗得如此狠？一个14岁的孩子为什么把我们这些大人耍弄得团团转？

　　我坐在星巴克等着，全身的感观都敏锐着等待着，等待的过程中体会着受伤被骗被辜负，还是耻辱，现在只待玫瑰来证明来粉碎一切的谎言。那天正好是鬼节，路上很多人，尤其是那些天真单纯的孩子都打扮成各种妖魔鬼怪。可我远远地就能认出玫瑰，她打扮得中规中矩，牛仔裤和白外套。她才不需要打扮成妖魔鬼怪，因为她本身就是！她从一辆车上下来，然后很甜美地对开车的人道谢。她永远不会忘记说谢谢！我没有忘记这是一个多么讲礼貌的少女，礼貌地偷窃，礼貌地偷情，再礼貌地说对不起和谢谢。现在我看见少女道谢微笑中的甜美与多情。那种礼貌是可以风雨无阻的，可以让男人舒舒服服吃亏，大人心甘情愿帮忙。再然后我看见这个少女的正面了，她似乎比以前高了点，像个逃家的孩子，背着光，在夕阳中，她显得柔弱文静，也神秘莫测。她的胆大包天、果敢阴险是深藏不露，不为人知的。她就是秉持着这样的柔弱与乖巧寄生了一个又一个让人跌碎眼镜的惊诧。

我看着她，多么自如轻松地同开车的男人打交道，把他哄得很自愿，其实就是在男人面前钻空子，哄他做事。我印象中她的那种清纯，那个年纪的少女固有的拿捏矜持，不与世界同流合污的气质，荡然无存。她一步一步向我走近，看着她，我心里说：玫瑰啊玫瑰，你到底是谁？我如何才能通过你的表象看到实质？看到真实的你啊？！

玫瑰清脆地叫着我的名字，向我走来，一边走一边抱歉："对不起，对不起，我迟到了。"

道歉是惯有的诚恳和真挚，然后她那样真情地拥抱我，好像这是两个老朋友之间的一次聚会。这个过程在我的回忆中一直是恍惚一片。因为它的随意和真诚让我一阵迷惑：也许一切都不曾发生过，只是梦。那种背叛与欺骗怎么可能在她那里一笔勾销？

她又说："很抱歉让你等久了。"

我想连这都抱歉，你抱歉得完吗？那一对母子的命案你又如何来道歉？当然我忍住没有说，只是说："还好，没有很久。"

"我本来是坐公车的，可是它开得实在太慢了，我就拦了一辆车子，可还是迟到了。"

"在路上拦车多危险啊，现在多少案件都发生在陌生人车上。"

"没事的。不用担心。"

"还是小心点的好。"我心想，你当然没事，我担心的是对方。旁边坐着这么一个危险的孩子，真出事了，还不知道谁更危险呢？

"陌生人都很友好。熟了才出事。不熟不吃。"

这又是一句语录，我得拿笔记下来。可不是吗？我和你越熟，你坑我越惨。

"我是来和你告别的。"

"你在电话里说了，你们要回中国去？"

"是的，我们要回中国开始新的生活。期待一切可以重新开始。我妈妈现在在家打包，我们今天晚上就要飞中国了。趁着空当，我就跑出来了。我在这里没有什么同学朋友，我觉得应该来对你说一声再见。我，我以后一定会想你的。"

我的前男友和我分手时也对我说：我以后一定会想你的。我不明白分手时含情脉脉的目的是什么。可以把分手的伤痛降低，还是让彼此都抱着好心情开始以后的生活？我对前男友说：还是不要想的好。现在玫瑰也对我说同样的话，想我什么呀？想我如何被你欺骗利用，然后辜负出卖得找不到北？把一个温良恭俭让的社工骗得无颜再做社工了？我自以为美好的一段忘年交如何地在众目睽睽下变成闹剧和悲剧？我再三忍住不问。

"他们让你出院？你的病好了？"

"是这样的。"

"你不再感觉自己像被灌醉的小兔子了？"我的语气很平静，不知道她能否听出话外音。

"有没有被灌醉，只有小兔子知道。反正别人看不出来，小兔子的眼睛醉不醉都是红的。"

玫瑰是个谜。她其实一直在逗你玩，逗所有的人玩。但我什么也没问，如果玫瑰要说，那她自己会讲，如果她不愿意说，问也没用，她反而会编出许多谎话来骗我。难道她撒的谎还少吗？不问自己反而主动。

"兰姐姐，记得我们经过的那个公园吗？"

然后玫瑰又开始讲她那点小小的心愿——

她没有与小伙伴疯跑瞎闹的童年，除了一屋子的玩具她没有别的玩伴，她知道这是大人打发她的纠缠的方式，她讲她小时候的心愿，那种普通孩子最平常的心愿：她希望爸爸妈妈可以陪在身边，像她在公园里看到的那一幕：爸爸背着小女儿在草地上跑，妈妈对父女抛来一个媚眼在后面追："小心点，小心点"。她说自己就是为了这点小得可怜的心愿希望生病，因为那是唯一让父母同时守在身边的办法，她穿着内衣裤站在冬天的院子里，后来她真的生病了，父母也一反常态地出现在她的床前，那时她觉得自己幸福极了。她拒绝治疗，大人们都认为是她任性，其实她是害怕病好了，这种幸福离她而去。她希望自己可以就这样病下去……她只是希望别人爱她，父母爱她，像那些贫苦而温暖的家庭一样。为什么她这点小小的、不过分的要求都得不到满足？

我又听了一遍玫瑰的童年心愿，这段故事都快把我听疯了！就是这段故事骗取了我的同情，也是这段故事骗取了法庭的信任！现在玫瑰又要用这段故事骗取什么呢？没有这段故事，她精心编织的骗局和谎言是不是就没有了理由？没有这段故事，她今天的渊深如海的心计城府是不是就没有了上下文？

玫瑰说着、说着就低声哭泣起来，泪流满面的脸上纯真和怜爱又还原了。就算她的心愿是真实的，她本来属于这种简单的快乐。她恶意杀人就是对自己心愿无法完成的弥补？我已经失去了听她话外之音的判断能力，我不知道玫瑰是借假故事流真眼泪，还是借真故事流假眼泪。我眉头微锁，目光提防，心存戒备仔细地听着，认真地分辨，我想可不能叫这个小骗子再给耍弄了。

玫瑰抬起水淋淋的脸，似乎等待我对此负些责，抚慰几句。她看到的是我紧锁的眉头和设防的眼睛。我嘴唇动了几下，最终说："我不知道自己还可以相信这些吗？"

玫瑰抹去眼泪，等不到我的安慰，她就自己安慰自己。她说："你不需要相信，因为它又不是宗教。"

"我已经和你在上海英语学校的班主任了解过了。"我说，轻蔑地撇撇嘴角，意思是：别装了，我都调查过了。意思还是：看你把规矩本分的社工都逼到什么份上，都快成了私家侦探。

"老师的欧洲之行还愉快吧？"

"是你打发她到欧洲玩的？所以在你的案件审理期间我联系不上她。"

"她是一个好老师，我只是想送她一份礼物。"

"你真的很会演戏，是非常好的演员。假装不会英语，从此获得更多的信息。你不仅英语漂亮，而且精通医学和美国法律，你住在我家的时候，天天到图书馆翻阅医学和法律文献，从中找到出路。"

玫瑰微笑点头，既不尴尬也不回避，一个小无赖认账的坦荡荡的表情，说："会演戏就会有钱。丽莎是这样，你的金叔叔也是这样。"

"你这是什么意思？"

"他们不是你想象的那样。"

可我并不知道自己想象中的金叔叔是哪样的，我不知道应该怎么去想金叔叔。

"兰姐姐，他们骗了你！"玫瑰义愤填膺地说。她为我鸣冤。

我是不是听错了，这个骗子在指控另一个骗子。她的意思是她可以骗我，可不允许别人骗我？她还盗亦有道起来。我一下子又看不懂了，我只是知道那些相片是她让我看到的，而且玫瑰确实会听广东话。我与张阿姨的对话她一定都听了去。我突发奇想，如果金叔叔一家收养的是玫瑰，大骗子小骗子在一块儿，得多有戏看啊。

"你还知道什么吗？"

玫瑰看着我，轻轻地关切地问："你准备好了吗？"

我点点头。

玫瑰知道她的真相对我的伤害，金叔叔的真相她让我准备好。我相信玫瑰不会伤害我。《沉默的羔羊》里的杀人恶魔汉尼拔逃狱时，FBI立刻通知与汉尼拔有接触的女探员克丽丝，担心她会有危险。克丽丝并不害怕，她不认为他会伤害她。她对此的解释是"他会认为那样很不礼貌"。这也是我对玫瑰的看法。就像当初我把她带回家，有人问我这样做我害怕吗，她是双尸案犯的凶手。我说我害怕这件事情，但并不害怕她。尽管现在我意识到我对这个少女的认识有千差万别的失误，但是不知道为什么，我觉得她不至于伤害我，而且可能想保护我。根据是什么，我也说不好，里面极其微妙的情绪也只能借用克丽丝说的那句：她会认为那样很不礼貌。而玫瑰又把礼貌看成很重要的素养。

"记得吗？我说过我要帮你完成一个心愿。"然后玫瑰递上一个银行保险箱的钥匙。她来见我，也不是为了简单的"谢谢"和"再见"，她也有使命。

我一声不吭地接过来。没有问她怎么获取消息的，我知道她一定有法子。就像那个广告词：你的能量超乎你想象。

玫瑰见我连声"谢谢"也不说，她来了一句"不客气"。这个孩子在教我讲礼貌。

玫瑰突然问："温妮和她先生离婚了吗？"

我眉头一紧，追问："你怎么知道他们离婚的事？天啊，难道他们的事也是你搅的吗？"

玫瑰诡秘地一笑。

"难道温妮在她丈夫的书房里找到的口红和内裤是你放进去的？"

玫瑰还是那样笑，不承认，也不否认。

"说她没意思，还是说说你吧。"她说。

"说我什么？"

"你现在的生活啊。"

"说我现在被你祸害成什么一个状态吗？"

本来嘛，我一个安分守己的社工，行事为人都按套路出招，没有任何把戏花招，也看不透这人间的把戏花招。我的父母也是如此，我的祖父母还是如此。认识你以后倒好，直接卷入了一起双尸命案。

玫瑰眼睛往上一翻，看不下去的样子。我太熟悉这个眼神了，就是大人看孩子，就是我看那些问题少年的眼神。玫瑰现在就这样看我，意思是：你这个大人讲话怎么跟一个孩子似的，也太不成熟了吧。

"你声势浩大地主演了一出戏，你让我做了你的配角！你让我做了你的帮凶！你从一开始就选好了我，就像猎人选中猎物。我是你精心算计出来的棋子，你早对我的前世今生进行了一番了解，包括金叔叔一家的事情。住到我家更是你刻意所为。为什么？为什么是我？因为我够蠢吗？"我追问，像是求证，更像是发泄。这些话这些日子在我脑海里反复酝酿怎么讲，可现在说出口，还是这么不尽如人意，倒把自己弄得像个深宫怨妇。

"我只是想和爸爸妈妈在一起这有错吗？我只是不想像你那样失去父母。"玫瑰发出深长而激动的感叹，眼神竟然是一个孩子被大人误解甚至误打的委屈和愤慨。她那么明目张胆地叛变之后怎么委屈的还是她？！

　　我直瞪瞪地看着这个少女，她的每个眼锋散发的都是妄为，我知道这一切的控诉和揭发都没有意义了。我心里太多太多的疑问，对她，对整件事情都满是疑惑，可此行只为了最后一个目的——就是要知道玫瑰是不是有意识故意杀人？再利用我替她脱罪？她表演天真无邪和不会英语，我且当成一出真人秀来看和接受，也可以原谅。但如果她故意杀人再装疯卖傻，我会死不瞑目的。这是我们见面的全部意义。

　　"玫瑰，你一定知道美国法律很明显有别于中国法律的审理原则之一，就是它的一罪不受两次审理原则：一个人一旦被无罪释放，以后即便找到她再多的作案证据，法律仍然无法治她的罪。"

　　"一罪不受两次审理原则立法于1791年，是自美国宪法第五修正案而生，其条文规定：同一被告在同一罪行上，不得受两次生命或身体的危险。其用意在于避免、防止政府公权力滥用，避免政府就同一个案件把同一个被告一而再，再而三地予以追诉。此审理原则使个人的基本权得以保障。"现在玫瑰真开尊口了，说得比谁都多，还带着些炫耀的语气。以前她装着寡言少语，外带口吃，没把她憋死也难为她了。

　　可我不是来听她给我普法的，也不是来和她谈论此法律条文的利弊。我打断她："它的本意是保护个人的权利，使个人免于讼扰，可也让一些人永久豁免于法律的追究。就像辛普森杀妻案，现在就算有再多的证据证明是他杀的，也于事无补。你也一样。"

我的意思是：现在无论发生什么，都改变不了对你的无罪宣判。即使你现在说实话，我也不能拿你怎么样。玫瑰又调情又得意地笑笑，意思是她知道。她当然知道。

"看来是我错了，艾澜检察官是对的？这一切其实都是你编的？根本就没有什么月季？月季是假的，她从来就不存在，对吗？"我没有再去看她的眼睛，不再试图从她的眼睛里寻找答案。因为玫瑰的眼睛虽然黑白分明，却最有迷惑性，意在引人误入歧途。

"你错了，艾澜检察官也错了。"玫瑰看着我，像是对待一个智障的儿童，我的不开窍让玫瑰有点累。那目光让我想起我的中学班主任，她曾经也这样看着我，意思是你怎么还不明白呢，然后语重心长地对我说，你要以勤补拙啊。

然后玫瑰声音很真诚很认真地回答我，眼睛里却散发那种玩世不恭的辛辣眼神，就是看透人间各种路数的眼神。"上次你去医院带来的花不是玫瑰，是月季。你一直就分不清！现在和你说话的就是月季啊。"

我像融化的雪人一样瘫在椅子上，挣脱不出来。少女像一本高深莫测的书摆在我面前。我对她百读不得其解之外，又增添了更多的不解 —— 书的结局还是惊到我。别说三万丈以下的岩浆，就连三百米以下的我都看不到。我听见自己响亮地吞下口水，感觉吞咽的困难。原来存在的是月季，不存在的是玫瑰。月季是真的，玫瑰才是假的；月季是真身，玫瑰才是表演；月季是本尊，玫瑰才是分身。

"兰姐姐，"少女亲切地叫了我最后一声兰姐姐，走向我，抱了下木愣而冰冷的我，在我耳边悄悄地说了一句话，"不过我没有杀人。"

我想，这是什么意思？"因为杀人的不是你，是月季吗？"

我几乎是用哭的声音求证。

少女没有说话，不点头，也不摇头，只是抿嘴笑笑。而那个笑比她以往的任何一个表情更加神秘，就是她知道什么，可她不求甚解，也不求理解。

"我走了。"少女花儿一般的脸永别地笑了一下。

一个谜一样的少女把一个谜带来了，又带走了。

少女一边走，一边回头笑着跟我挥手再见。那笑真是媚极了。伪装的胆怯和清纯也退去，举止和眉眼全是惊艳。

我看着她像小狐狸般灵秀的面孔，没有问"你怎么回家？""要不要我开车送你？"。我确定这个美丽少女可以找条路回去。果然我看见她拦了辆男人的车就上去了。那已经是个小女人的背影了。当一个孩子失去童真、童趣、童心后，她会连孩子的形骸一并失去。我知道我现在看到的是一个叫月季的少女。少女笃定专注的眼神里有一种揭竿而起的占有欲。我不禁想，将来谁来占有这个美貌？我不知道，但我知道——男人们是不会让她清静的，而她更不会让男人们清静。

我也知道她离开我之后就很少想什么，全没这回事。我被她撩动得排山倒海的情绪，在她那里很快就无影无踪了。我的判断是根据她以前的表现。对未来行为最有效的判断标准是根据以往的行为。当然这句话也是我在玫瑰借过的众多的书里看到的。玫瑰的花有多香多美，玫瑰的刺就有多利。

我再次意识到我们刚才的对话全是英语。

望着少女远去的纤细的背影，"月季啊！"我痛心地叫了一声，长久地站立在那里。头一偏，流泪了。

尾　声

这之后，我重回校园，继续我的学业。我以为从此再也见不到关于玫瑰的消息了，有时候想起来都是怀疑，一切像是杜撰，像是一场梦。以为那一页翻篇了，可当我要写毕业论文时，我不由自主地选择了玫瑰作为我的研究对象，这才再次意识到我始终没有走出来。

也就是在准备论文期间，突然一天收到一封寄自中国上海的信，打开里面什么也没有，只夹了一片玫瑰花瓣，也许是月季花瓣，谁晓得呢。总之它血红、艳丽得惊心动魄。我知道那是玫瑰寄来的。不知为什么，这片花瓣的香气异常浓烈，长久地滞留不散。

我把这花瓣当作书签夹在关于玫瑰犯罪心理论文的档案时，无意夹的那页正是那天我带她去监狱看洪妍的记录。她们母女有几分钟的深情告白。玫瑰对妈妈说了八句话，听上去是女儿与母亲互诉衷肠，貌似家常的每一句话其实都是暗号，把每句话的第一个字挑出来，连起来就是：我有办法救你出来。

我惊悟到：凶手是洪妍，她根本没有情人，她是在表演。玫瑰替罪是唯一的办法。玫瑰先把妈妈救出来，再自救。我甚至能想象那幅画面：这对母女在飞往中国的飞机上，玫瑰附在洪妍耳边轻声地说道：我说过——我有办法救你出来。少女笑了。此刻少女享受着成果与功劳，预期所有深藏浅藏的机关都一一奏效，所有埋伏的地雷都定点定时地爆炸，还炸出花样花式。她是唯一知情者，除了她，没有人知道那些地雷设置的绝妙，也除了她，没有人真正知道这一切的谜底。因为剧本就是她写的。想到这些，少女的笑便失了禁。

难怪那次见面她最后说：我没有杀人。这是她难得的一句实话。我突然领悟到的这一点让我再次颤抖得不能自已，已经平复的心情再次波动，对自己的否定再次进行否定。玫瑰啊，我叫了一声，没有想到这片压干的玫瑰花瓣还能刺痛我。我注视着这片花瓣，搞不清楚是玫瑰花还是月季花，就像我搞不清楚少女玫瑰。

有些事情的真相我是永远不可能清楚的，就像少女玫瑰。这些疑问连同这片花瓣一起像化石一样，在我的心中永久地存活了下来……我取出玫瑰给我的保险箱钥匙，想还有什么真相有待我去发现。